日本の異界　名古屋

清水義範
Shimizu Yoshinori

ベスト新書
559

はじめに　名古屋　魅力度最下位の納得

名古屋がまたしても、全国の笑いものになるようなことをしてくれた。なんと名古屋市自身が大々的な都市の魅力の調査をして、名古屋市は行きたくない街のナンバーワン、という結果を発表したのだからあきれてしまう。

どういうことなのか詳しく見てみよう。

名古屋市は国内主要8都市（東京23区、札幌市、横浜市、名古屋市、京都市、大阪市、神戸市、福岡市）で、インターネットによる「都市ブランド・イメージ調査」を実施し、8都市の住民各4１8人に聞いてみた。これらの都市は、「買い物や遊びで訪問したい街ですか」と。２０１6年の6月の調査である。

そして、訪問したい指数を求め、そこから訪問したくない指数を引き、行きたい指数を割り出したのだ。

その指数の大きかった順に並べると、こういう結果であった。

〔その都市への訪問意向指数〕
・京都市　37・6ポイント
・札幌市　36・6ポイント
・横浜市　28・9ポイント
・東京23区　28・6ポイント
・神戸市　27・7ポイント
・福岡市　25・7ポイント
・大阪市　16・8ポイント
・名古屋市　1・4ポイント

あっけにとられるほどのぶっちぎりの最下位である。

この結果を受けて、一部週刊誌は「日本一の嫌われ都市　名古屋」というような特集を組んだ。新聞でも取り上げられる。例によって、私のところへも意見を求める電話が3本もかかってきた。どの電話も少し声が笑っていた。

それにしても、名古屋市はこの調査結果をどうして公表したのか不思議だ。調査をしてみるのはいいとして、この結果だったら公表するのをやめればよかったのに。

公表すればマスコミが大喜びで「日本一魅力のない街　名古屋」とか、「名古屋沈没」とか騒ぎたてるに決まっているのに、どうしてそんなマイナス・イメージの情報をわざわざ自分たちのほうからさし出したのか。普通に考えれば、なんでまた、というようなことである。

ひょっとしたらこれは、何であれ話題になることを狙ってわざとしているのだろうか。悪評されることも注目されることではあるのだから。「魅力最低の街　名古屋」などという特集をされれば、名古屋の河村たかし市長はインタビューされるわけだ。そこで、名古屋は実はこんなにいい街なのに、名古屋人のアピール下手のせいでイメージが悪くなっているのだ、などと名古屋のよさを訴えることができる。大きな話題になれば、名古屋への関心も高まると計算して、わざとマイナスの情報を発してみたのかもしれない。

そうとでも考えなければ、自分でこのデータを調べて公表することに説明がつかないのである。少なくとも、名古屋のことが大いに話題になる、ということを狙っているのかもしれない。

だとしたら、それはかなりの奇策である。人気のなさを売り物にしてアピールしようということなのだから。

そして、おそらくその策は狙ったような効果をあげることはできないであろう。愛知県以外の人は、名古屋の人気があきれるほど低いことを知って、大いに笑うであろうが、では名古屋へ行ってみようか、と思う者はいないであろう。名古屋の不人気は決定的なのだ。

しかし、ほんの12年前にはそうではなかったのだ。12年前というと２００５年だが、その年、〝愛・地球博〟という万博が愛知県で開催され、名古屋は全国から注目されていた。ただ万博をやるからという注目だけではなく、今、名古屋はいちばん元気な都市だという注目も重なっていた。

経済面で名古屋は活況を呈していて、バブル崩壊後の不景気からいち速く立ち直った都市として、名古屋の好景気から学ぼう、というムードがものすごかったのだ。多くの雑誌が、名古屋絶好調の秘密は何か、という特集を組み名古屋に注目した。私はあの年一年間だけで、そういう特集のためのインタビューを30本も受けたものである。名古屋の底力というようなエッセイも５本以上書いた。

あの時の名古屋絶好調の理由は、簡単なことである。

製造業重視で、慎重経営をモットーとしている名古屋の企業は、バブル経済の時にも慎重で、調子に乗って浮かれすぎるということがなかった。バブル期の地価上昇率が、名古屋圏ではよそよりずいぶん低いことが、その慎重さの証拠である。だからバブル期の傷が浅く、その後の不景気からいち速く立ち直ることができたのだ。

そんなふうに、2005年頃には名古屋の経済は日本一のお手本だったのだ。名古屋に注目することがブームだったと言えるほどだった。

そしてあの時は、トピックス的な話題として、名古屋にあるユニークなご当地フード、〝名古屋めし〟も大いに注目されたのだ。名古屋にはどうしてあの、奇妙な工夫をした面白いメニューがあるのか、と話題になったのだ。それはたとえば、「矢場とん」のみそかつ、「世界の山ちゃん」の手羽先、「ヨコイ」のあんかけスパゲッティ、「味仙(みせん)」の台湾ラーメン、喫茶チェーン「コメダ珈琲店」の小倉トーストなどである。

名古屋にはどうしてああいうユニークなメニューが生まれるのですか、ときかれて私も答えに窮したものだ。

名古屋人は、新奇な工夫をして、もともとB級グルメであったものを珍しくすることが好きなんです、と答えるしかなかった。つまりガラパゴス的な進化によって、食にも面白いものが出てくるのではないか、という考え方だ。

とにかく、そんなことまで注目されて、２００５年頃には名古屋は大いに人気があったのだ。それが、12年たってみたら、日本で一番行く気のしない人気のない都市になってしまったわけだ。なんだか、元の木阿弥（もくあみ）というような気がする。

名古屋が他の地方の人たちから見て魅力のない都市であるのは、当然のことなのだと私は思っている。なぜなら、名古屋の人に、名古屋はいいところだと外に向かってアピールする気がまるでないからだ。だから当然のことながら、名古屋の魅力は誰にも知られることがないのだ。私には、名古屋の魅力度が最下位だというのが納得できてしまうのである。

『日本の異界　名古屋』◆目次

第一章

・・・・・・・・

名古屋に魅力はなぜないか

名古屋は完結していて、外を向いていない

たとえ人気がなかろうとも、名古屋に住んでいる人にとって、名古屋は魅力のない街かというと、そんなことはない。むしろその逆で、名古屋人というのは名古屋をこの上なくいいところだと思っていて、名古屋以外には関心もないのだ。

名古屋ほど住みやすい街はない、というのが名古屋人の実感である。文句のつけようがない大都市だが、端から端までだいたい頭に入っていて、大きさの程がいい。経済的には着実に繁栄していて、人々の様子にもゆとりがある。街には、安心して身をまかせておけるようななじみがあって、心安らかにいられる。どこを見ても整然としているという意味のきれいさがあって、落ちつける。

そして名古屋人の周囲には、よくわかりあった友人、仲間がいて、心強い。どこにいようがなんとなく知ったところであり、身構える必要がなく居心地がよい。

というようなわけで、名古屋人は名古屋に住んでいることに大満足であり、よそに出ようとか、よそに住みたいとはまったく思っていないのである。言ってみれば、とても

強い地元志向があるのだ。

たとえば高校生が大学へ進学する時だって、東京だとか京都だとかの大学へ進むことがないわけではないが、圧倒的に多いのは名古屋にある大学へ進むことである。名古屋大学（これを名古屋人はメー大と略す）を頂点とする大学群があって、そこへ進むのがノーマルな名古屋人なのである。

そして社会人になる時も、ほとんどが名古屋にある企業に勤める。名古屋から出て働こう、という発想はあまりない。

名古屋の人と結婚して、名古屋に住み、名古屋に骨を埋めるのだ。それが多くの名古屋人である。

だから私のような人間は見逃しにできない異端者なのだ。私は、大学までは名古屋圏であったが、そこを卒業してから東京に出て働いた。そして、もう46年も東京に住んでいるのである。名古屋人から見ればとてもおかしな奴、ということになるであろう。

私にしてみれば、小説家になりたいという夢があったので、それにはチャンスの多い東京へ出ねば、ということだったのだが。

ひとつ面白いことがある。私が名古屋で講演などをする時、妻を伴って行くことがあるのだ。すると主催者などの名古屋の人が、必ずきくのである。

「奥さんは、どちらの人ですか」

と。それに対して妻が、

「東京生まれの東京育ちです」

と答えると、相手はなんとも困ったような顔をするのだ。それでは話のしようもないなあという顔になり、私をチラリと見て、そこまで魂を売ってしまったのか、というような表情をする。

しかしそこで妻が、

「でも、祖父も祖母も三河の出身でしたし、私の母は名古屋出身です」

と言うと、急に、それならばまあ許すか、という顔になるのだ。

「小学生の頃は、その頃母方の祖父母が住んでいたのが大高町だったので、帰省する母について、私も夏休みは大高町ですごしたんです」

と妻がいうと、それならば人として認めるという空気になるのだ。

名古屋の人にとって、それほどまでに名古屋は特別なところなのだ。

そして名古屋は閉ざされている。関東でもなく、関西でもなく、第三の地域として完結しているのだ。関東とも関西とも関わりを持っていない。

名古屋が関東か関西かについて、私は面白い体験をしている。ある時、東京の人と話していたら、その人がこう言うのだ。

「名古屋は関西ですよね」

そして、またある時、大阪の人にはこう言われたのだ。

「名古屋は関東ですわな」

つまり両方から、名古屋はこっちではないと言われているわけだ。まるで、名古屋を仲間に入れることはできませんよ、と言われているようなものだ。

だが、違っているのだ。名古屋はそのどちらでもなく、完結した第三の地域であり、名古屋圏とでも呼ぶしかないのである。

名古屋圏と私が言う時、その地域はだいたい愛知県と、岐阜県の南部をさしている。

本当は、愛知県の中でも尾張と三河では少し文化が違っていて、方言も微妙に違っているのだが、まあとりあえず仲間に入れてやるか、という気分である。そして岐阜県の南部は、言葉がほぼ同じ名古屋弁なので、グループに入るなあ、というところだ。

この名古屋圏を簡単に見分けるには、低能な人を悪く言う時の言葉の違いに注目すればいい。関東ではその言葉はバカであり、関西だとそれはアホである。ところが名古屋圏だと忽然と、たわけ、が出てくるのだ。そんなことも、名古屋が関東でもなく関西でもなく、第三の地域である証拠である。

この第三の地域は、どこに対しても門戸を開いていない。自分たちだけの世界として存在しており、他の地方と交わろうとしていないのだ。

この閉鎖性が、名古屋を行ってみたい魅力のない街にしていることは間違いがない。確かにそこにあって、中に住んでいる人はこんな居心地のいい土地はほかにないと思っているのだが、他地方との関わりがゼロだから、外からはその魅力が見えるわけがないのだ。

その意味で名古屋とは、ガラパゴス的な地方なのだ。門戸を閉ざして他を受け入れないのだから、魅力があるのかないのかも外からはわからないのである。名古屋は自分たちだけで完結しているというのはそういう意味だ。

名古屋が完結している理由

ではなぜ、名古屋はそこだけで完結していて他地方との関わりを持たないのであろうか。

そのことには、地理的な、また歴史的な理由があるのである。

江戸時代のことを考えてみよう。ただし、江戸開幕の頃ではなく、それから10年たった1610(慶長15)年以降のことを考えるのだ。それ以前には名古屋という街はなかったからである。

名古屋は徳川家康の命令で、1610年にそれまでの国府清洲(現在は清須と書く)から移された国府なのである。

そのように名古屋ができた後のことを考えてみる。

さてそこで、江戸から京まで行こうとする人がいたとする。そうとなれば、東海道を行く旅になるな、ということは弥次さん喜多さんでもわかる。

東海道を西へ西へと旅すれば京まで行けるわけだ。それで、普通に考えれば、東海道は名古屋を通っているはずである。後の世の東海道本線だって、東海道新幹線だって名古屋を通っている。

ところが、東海道という街道は名古屋を通っていないのだ。それってちょっと不思議なことである。

旅人が東海道をたどってきて、名古屋の手前の宿場町、宮まで来る。宮は、今の熱田であり、現在は名古屋市熱田区だから名古屋市内であるが、昔の感覚では、名古屋の隣の宿場町だった。

そして旅人は、名古屋城のある城下へは入らず、宮の渡し場から船に乗って、海上七里の渡しという旅をして、桑名の宿まで行くのだ。今の三重県の桑名である。

東海道の中で唯一（浜名湖も船で渡るがそこは短い）、陸路ではなく、海路になっているのだが、それはなぜなのか。

その答えは、簡単には渡れない3つの大河が流れているからだ。濃尾三川（のうびさんせん）といわれている、木曾（きそ）川、長良（ながら）川、揖斐（いび）川の3つである。

江戸時代には原則として川には橋を架けなかったから、川を渡るには川越し人足に肩車されたりして渡らねばならなかった。だが、雨が降って増水したら川止めということになって、越すに越されぬ大井川、なんてことになるのだ。

その大井川なんかよりはるかに大きい川が3本も（長良川と揖斐川は川口で合流しているが）流れ込むのだから、陸路では進めないのである。

というわけで、名古屋の城下には、東海道を行く旅人が入ってこないのである。だから名古屋人は、旅の人、つまりよそ者と接することがなかった。よく知っている名古屋人だけの社会に暮らしていたのだ。そのせいで名古屋人はよそ者に慣れず、仲間内だけで生活するふうになっているのだ。

また、濃尾三川が名古屋を孤立させている一面もある。

現在は、大きな川にだって鉄橋が架かっているから、近鉄電車に乗れば安々と川を渡って桑名へ行くことができる。名古屋のほとんど隣だと言ってもいい街である。ところが、桑名で土地の人が話している言葉を聞いてみると、はっきりと関西弁のイントネーションなのである。

つまり、3つの大きな川が、関西弁という方言をくい止めているのだ。方言をくい止め、関西文化をくい止め、名古屋を特別なところにしているわけだ。

アホの地方ではなく、名古屋はたわけの地方として孤立することができた。その理由は3本の大河なのである。

そして旅人が来ないのだから、名古屋の人間だけで、慣れ親しんで気楽な生活をすればいい。ここはそういう特別な街なんだという意識にもなるわけである。

そしてまた、名古屋人の特別感にはこういう理由もあるかもしれない。

尾張藩というのは、特別な藩なのである。徳川将軍家に世継ぎがいない場合は尾張・紀伊・水戸の御三家から将軍を立てることになっていたが、なんと言っても、尾張はその筆頭なのだ。六十二万石の大藩なのである。

百万石の加賀藩という特例はあるが、そこは親藩ではない。尾張は、徳川家の近親である親藩であり、六十二万石であり、御三家筆頭なのである。

そのことが優越的気分をもたらし、おれたちは特別という意識をもたらしているのであろう。

徳川総家のある江戸はもちろん日本で最大の中心都市である。だがそれ以外では、尾張は日本最大の藩であり、名古屋は日本一の地方都市なのだ。

実際にも尾張は豊かな土地であった。広大な濃尾平野に米がよく穫れ、気候も温暖で飢饉（ききん）などはまったくないのである。だから人々の暮らしぶりも豊かで、心がのびやかであった。生活に苦しむこともそうなく、場合によっては見栄を張るだけのゆとりもあった。

名古屋人がどういうふうに見栄を張るのかは、どこかでまとめて語るつもりであるが、基本的に豊かだったことが重要である。

だから他の地方と比べることなく、名古屋は超然と名古屋であり、そこだけで完結していられたのだ。

よそ者が入ってこない街には、よく知った仲間たちとつるんで生きていけばいい気楽さがある。

そのことが、名古屋圏の基本の精神性になっているのである。

東京にも大阪にも対抗意識がない

名古屋が一番住みやすい街、と考えている名古屋人は、東京や大阪のことをどう思っているのであろうか。

まず東京について考えてみよう。

名古屋人も、東京が日本の首都であり、最大の都会であることは認めている。そして、東京に対してはある種の劣等感を抱いている。

　なんと言ってもあの大きさはすごいわ、という気分だ。東京には銀座がある。それだけでもちょっと負けそう。東京には渋谷もあって若者がたむろしている。新宿もある。上野も浅草もあって、賑わっている。そういう点ではちょっと名古屋ではたちうちできない。

　東京タワーがあるだけでも勝てないなと思っていたのに、スカイツリーまでできてしまって完敗である。

　そういうふうに、名古屋人は東京には負けていると感じている。だがそれは、だから東京に住みたい、という思いとはまるで別のものだ。

　東京に住みたいとはまったく思わない。東京とは、全国から人が出てきてわさわさと住んでいるところであり、人と人との間につながりがなくバラバラなのだ。アパート住まいをしたとしても、隣の部屋の住人の顔も知らなかったりなのだ。そんなふうに孤独な人間が集まっているだけなのが東京。

　だからそれは、街ではないのだ。

　名古屋人は、知り合いの群れの中に生きている。だから心が安まるのだ。

名古屋こそ人が住むところで、東京は人の住むところではない。東京は仕事のためにやむなくいるところなのだ。

名古屋人はそんなふうに感じている。

だから、東京の大きさに少し劣等感を抱いているものの、東京のほうがいいんだとは思っていない。

住むのは名古屋が一番なのである。

東京とはやむなくいるところ、だと考えていくと、私はニヤニヤしてあるエピソードを思い出す。それは、大沢在昌（ありまさ）さんと対談した時に聞いた話だ。

大沢さんは名古屋の出身で、大学生になる時に東京に出た人だ。そして東京で社会人になり、その後、ハードボイルド・ミステリーの作家になった。『新宿鮫（しんじゅくざめ）　無間人形』で直木賞も取って、文句のつけようがない東京の人になっている。

ところがその大沢さんが、名古屋にいる高校時代の友人に会うと、こんなことを言われてしまうのだそうだ。

「おみゃあは長男だで、そろそろ名古屋に帰ってきて親の面倒見ないかんがや」

あの大沢さんにそんなことを言うのである。

名古屋の人間は名古屋に暮らすもの、という思い込みの強さに驚かされる。

そういう意味では、名古屋人は東京のことを少しもうらやましいとは思っていないのだ。

そもそも名古屋は住むのにベストなところなのだから、東京と対抗させようという意識もない。東京はいろんな意味ですごいよね、とぼんやり思っているだけなのだ。

では、名古屋人は大阪についてはどう思っているのか。

私の知る限りでは、名古屋人は大阪について何も思ってないような気がする。

大阪とは、ざわざわと騒がしい意外に大きな都市だが、文化がなくてお笑いがあり、生活がなくて、ただけったいな大阪人がいるところという感じだ。だから名古屋と大阪ではどちらが暮らしやすいかという比較をする気にもならないのだ。大阪は人の住むところではない、という気がするからだ。

名古屋人にとって、東京よりは大阪のほうが近いのは事実だ。ひたひたと大阪的気配が名古屋に伝わってくるからだ。

だが、その気配になじみを感じるわけではない。ヘンなところだよなあと、むしろ避けたいような気になる。

名古屋人は大阪をちゃんと見ようとはしない。ちゃんと見ると騒がしさがうつるような気がするからだ。

というわけで、名古屋人にとって大阪はどうでもいいのである。

それ以外の地方についても、名古屋人の思いは薄い。名古屋人にとっては名古屋だけが世界のすべてだからである。

その都市への訪問意向指数で東京23区よりもポイントの高い横浜だが、名古屋人は横浜のことをほとんど知らない。

横浜の人はひょっとすると東京よりも文化度が高いと自負しているくらいなのだが、その横浜について名古屋人はどんなところだろう、と思っているだけだ。横浜の独自性については何も知らないから、横浜って東京の付属品かなあ、なんて感じている。当然のことながら、横浜に関心はないのだ。

名古屋人が多少関心を持っている地方都市は京都であろう。京都は長らく日本の都だったところだし、見る価値の高い寺社もたくさんあって、観光で行ってみてもいいところだと感じている。京都の歴史の重さには、少し負けているような気もするわけだ。

京都のことはとりあえずリスペクトしておこう、というのが名古屋人だ。だが、実際に京都に住んでみたらそこはどんなところなのだろう、ということは考えない。観光で行くことはあっても、そこに住むなんて発想はゼロだからだ。名古屋人は名古屋に住むのが当然なのである。

というわけで、名古屋人は名古屋以外の地方にはほとんど関心がないのである。名古屋を、東京や大阪と比べてみるという発想もない。

それほどまでに名古屋は閉じた世界なのである。

名古屋を見てほしくない、来てほしくない

東海道が名古屋を通っていないために、名古屋には旅人（よそ者）が来ない、という分析をした。そしてこのことは、当の名古屋人にとっては好ましいことであった。

よく知った名古屋人だけで社会を構成していけるからである。周囲にいるのはみな仲間なのだから、ぐずりと甘えあって、助けあって生きていける。人間関係に緊張することなく、気を許して生活できるのだ。

その緊張感のなさこそが、名古屋の特性だと言えるくらいである。

そして逆から言えば、名古屋以外の地から転勤で名古屋に来ている人にとっては、そこはとけこみにくいところである。もう名古屋に1年いようが2年いようが、なんとなくよそ者扱いをされ、名古屋人にとけこめないのだ。

名古屋人はお世辞で、

「○○さんは東京の人だで、どっかかっこええわ」

と言ったりするのだが、仲間に入れてくれるわけではない。それどころか、その気取ったところが名古屋人との違いで、なじめないのだ、ということを言っているのだ。

転勤族には名古屋は居心地の悪いところである。

私が作家デビューして、初期の作品に『蕎麦ときしめん』という短編小説がある。それは、東京から名古屋に転勤になっている人物が名古屋について書いた論説文という形式をとって、あっさり言うと名古屋の悪口を並べたものだ。そして実はどんでん返しがあって、その東京の人は実は名古屋人だった、という話である。

この小説が、まだ雑誌に発表されただけで本にもなっていないうちから、名古屋で大変な話題になってしまった。そういう意味ではデビューしたばかりの私の出世作となったのだ。

どんなふうに話題になったかというと、名古屋にいる転勤族の人たちに、ついに我々が思っていたことを書いた小説が現れた、ということで、大評判になったのだ。転勤族の間で、私の『蕎麦(そば)ときしめん』をコピーして回し読みされる、という具合だったのである。

そのことに、名古屋の新聞が注目して記事に取り上げ、ラジオ番組も私を電話インタビューし、テレビ番組にも取り上げられた。

私としては、ユーモア小説のつもりで名古屋のことをからかい、笑い話にしただけだったのに、転勤族がその笑いにとびついたのだ。

つまり、それまでの名古屋に受け入れられない、とけこめないイライラを代弁してくれる小説だと受け止められたのである。

やむなく名古屋に住んでいる名古屋人ではない人は、それほど居心地が悪いというわけだ。

名古屋人は名古屋のよさをアピールすることがへたで、だからその魅力を他の地方の人が知ることがないのだ、なんて言われる。

だが、それはちょっと違っているのではないかと私は思う。

名古屋人は愛する名古屋のことを、他にアピールなんかする気がないのである。なぜなら、名古屋はこんなにいいところだとアピールすれば、注目が集まり、では一度行ってみようかという人も現れる。そうすれば、せっかく名古屋人だけで気を許して生活していられたところに、よそ者が多く混じることになる。バラバラの人が集まった人間関係のぎくしゃくした都市になってしまうのだ。

みんな知り合いでもたれあい、助けあって生きている都市、という名古屋の特性が失われてしまうのだ。

だから名古屋の人は、名古屋のことをよその人に見てほしくないのだ。名古屋のことは気にせずに、来ないでほしいのである。

アピールがへたなのではなく、アピールする気がないのだ。

名古屋への訪問意向指数がだんトツで最下位だというのは、当然のことと言えよう。名古屋人は名古屋人だけと関わって、気楽にやっていくことを望んでいるのだから。

この名古屋の閉鎖性は、人口200万人以上の大都市であることを思うと、とても特徴的である。

都会人ではあるのに、他国の人に対してはあきれるほど腰が引けているのだ。どうか名古屋には来ないでくれ、それが一番平和なのだから、という思いがあるのである。

というわけで、各地方への訪問意向指数を調べて、それが際立って低いから、名古屋を日本一魅力のない地方だと決めつけるのは間違いなのである。

実際には、自分たちの住むところの魅力を他に見せないようにしているのが名古屋なのである。

名古屋は実に暮らしやすい居心地のいい都市である。だがそれは、名古屋人にとってそうなのであって、よそ者には居心地の悪いところである。

だから、よそ者に来てほしくはないのだ。だから、よそに対して名古屋をアピールなんかするはずがないのだ。

名古屋が完結した、閉ざされた都市であるというのはそういうことである。つまり名古屋は、魅力を隠しているのだ。

自分たちだけで具合よく生きているのだから、よその人は名古屋のことを思い出さないでくれ、というのが名古屋人の本心なのである。

他から注目されないことを、名古屋の人は望んでいるのである。

その点において、名古屋はとても珍しい大都市となっているのだ。

第二章

・・・・・・・・

名古屋人のツレ・コネクション

ツレに助けられて生活している

名古屋人の生活を知るためのキーワードの一つが、ツレである。

ただしこのツレという言葉、全国的にも使わないわけではない。

人と待ち合わせをしていて、相手は一人で来るのかと思っていたら、二人で来たような時にはこう言う。

「なんだ、ツレがいるのか」

このツレは同行者、という意味である。

お店の人が、

「おつれ様がみえました」

なんて言うのは、お相手が、という意味である。

そのほか、「つれあい」と言えば伴侶のことだし、「旅は道づれ」なんていう言い方もある。だいたい、一緒に行動する仲間のことを、ツレと言うようだ。

だが、名古屋では、ツレとは、友人、仲間、知りあい、というような意味である。そして、名古屋人はツレと濃密につきあい、助けあって生きているのだ。

ツレというのは、利をまわしあうその相手のことなのである。

そこで私は、名古屋人はツレ・コネクションの中に生きている、ということを言うのである。

たとえば、名古屋の人とはこんなふうなのである。

同窓会をやるのだが、どこでやろうかと相談していると、誰かがこんなことを言う。

「おれのツレが新栄で小料理屋をやっとるで、そこでやろか」

すると、そういう店があるならそこでやろう、ということになり、全員が納得するのである。そして、その納得には功利的な計算があるのだ。

つまり、知りあいの店でやるならば、そこがサービスとして少しまけてくれるだろうから得である。しかし同時に、その店の商売にプラスになるのだから、店のほうも得である。

そういう得のまわしあいによって、ツレを通して知っている店でやることは利口なのである。

名古屋の商業は、そんな計算から、ツレ・コネクションの中で行われることがほとんどなのである。そういう得なツレを持っていることが、名古屋ではしっかりした大人である条件なのである。

そういうわけだから、名古屋では高額なものを買うのに、知らない店に飛び込みで入るということはほとんどありえない。

たとえば家の近所の喫茶店でコーヒーを飲んでいるとする。すると、その店の主人も、客たちも、みんな顔なじみでツレなのである。

そこで男がこんなことを言ったとする。

「娘が成人式を迎えるで着物を買ったらないかんがや。物入りなことだわ」

そうすると、客たちの中の誰かがこういうことを言うのだ。

「おれのツレが一宮で呉服屋をやっとるで紹介したるわ。おれの名前出せゃ安うしてくれるで」

名古屋ではこれが決して珍しいことではないのである。

「息子が近眼になってまって、眼鏡買ったらないかんがや」

「おれのツレが眼鏡屋やっとるで紹介したるわ」

このツレ・コネクション内のビジネスによって、名古屋では小規模商店も客が紹介してもらえて経営が成り立っていくのである。

商品を買う時だけにツレの助けを借りるわけではない。たとえば不要品が出た時などにもツレに声をかけるのだ。

「今度オフィスの引越しをして、新しいのを買うで古い事務机と椅子があまっとるんだわ。ほしい人おらんかな」

するとそのツレが、何人かのツレたちに声をかけて、ほしいという人を見つけるのだ。そして、その人がその不要品をもらい、得しちゃったなあ、ということになる。そういうことができるのも、ツレが何人もいるその人の甲斐性なのである。

私はこんな体験をしたことがある。

以前、愛知県の知多半島にある内海という海水浴場の近くにリゾートマンションの一室を持っていたのだ。ところが、もう海水浴をする歳でもなくなって、そこを売り払った。

そして、そこで使っていた自転車の処分を管理人に頼んだのだ。

「この自転車、ゴミとして処分して下さい。もちろん、今はゴミを出すほうが処分代を払う時代だということはわかっていますから、その処分代は出しますから」

そうしたら管理人は、

「これ、まだ乗れますよね」

と言った。そして、こう続けたのである。

「誰かほしいという人がおるかもしれませんから、しばらく置いときますわ」

つまり、ツレたちに声をかけて、ほしいと言う人にやる、ということだ。

そんな、あたかも小さな村の中で、みんなが助けあって生きているように、名古屋人は生活しているのだ。

おそるべし、ツレ・コネクションなのである。

そんなわけで中学生の頃の私は、お祖母ちゃんの知りあいだという小さな眼鏡屋へ行っては眼鏡を買っていた。そしてそのことが、なんか嫌だった。ツレだからということで眼鏡を安くしてもらって、コセコセと買うという感じが気に入らなかったのだ。眼鏡はデパートなどで定価で買いたいのになあ、と思ったのだ。

そんな変人だから、私は名古屋に住めなくなっているのかもしれない。

小学校の同級生と生涯つきあう

名古屋人がみな多くのツレを持っているのは、一度知りあいになると強く結びついて長くつきあうからである。ツレの子供の年齢まで知っているほど深くつきあい、なにくれとなく助けあう（利を回しあう）。

だから、小学生の時に同級生として知りあい、友だちになったのならば、大人になってからもずっと親しくつきあうのだ。その結びつきの強さに私は驚かされたことがある。

小学校6年生の時のメンバーで同窓会があったのだ。私が50歳ぐらいの時である。だから同級生と会うのはおよそ40年ぶりだった。

会の初めのほうで、自己紹介と近況の報告ということが行われた。久しぶりすぎて誰だかわからないような人もいるのだから、必要な段取りである。

ある男性がこんな報告をした。

「加藤和夫です。修学旅行の時、奈良で川に落ちたあの加藤だと言えば思い出してもらえるでしょうか。私は今、○○建設という建築会社に勤めていて、毎日建築現場に顔を出すという生活をしています」

まだもう少しいろいろと仕事の話や趣味の話などをしたのだが、そこは省略しよう。

私が驚いたのは、その自己紹介から3人ぐらい後に、こういうことを言った人がいたことに対してである。

「えーと、鈴木宏一です。今は私、建築の基礎工事の時に、電気の配線工事をする会社をやっていまして、先程の加藤くんには、いろいろと仕事をまわしてもらってお世話になっています」

あの時は、えーっ、と声をもらしそうになるほど驚いた。小学校の同級生が、40年たってもつきあっていて、仕事をまわしあって助けあっているというのが信じられないことに思えたのだ。

そういうことって、東京の小学校の同窓会だったらまずありえないことではないだろうか。小学校の同級生なんて、今現在は何のつながりもなくて、会うのは前回の同窓会以来、というのが普通であろう。同級生とずっとつきあいが続いている、というのは珍しいことだと思う。

そもそも小学校を卒業して40年もたっていれば、もともとは同じ小学校へ通ったのだから近所に住んでいたのだとしても、その後の人生にいろいろ転機もあって、どこか遠くに住んでバラバラになっているものである。

だから今もつながりがある、というのがとても奇妙に思えるのである。

なのに名古屋では、小学校の同級生と40年後も交際があって、しかも仕事をまわしあうほどの仲だというのだから不思議である。

だが、そういう奇縁は一例だけではなかったのである。ほかの出席者も、よく似た話をしたのだ。

「私は街道に面した店で、お好み焼き屋のおばちゃんをしていて、その店にはここにいる高橋くんもよく顔を出してくれます」

そんな交流があるのか、とポカンとしていると、こういうことを言う人もいた。

「私の子供と、谷さん、ほら旧姓矢島みどりさんの子供とが、あの小学校で同級生だという縁があって、今も仲よくおつきあいしてまして、二人で同じダンス教室へ通っているんです」

二代にわたって小学校の同級生なのである。そこまで強い縁があるだろうか、というぐらいのものだ。

そんな同級生たちの話をきいているうちに、私には、私があまりに名古屋的ではないのだ、という気がしてきた。大学を卒業と同時に上京して東京住まいになったのだが、実はそれと同時に私の実家も名古屋市内でのことではあるが引越しをし、昔の同級生にしてみれば私の住所もわからなくなったのだ。私は、ふいに名古屋から消えてしまった人間なのだ。

そして、そんな異常な人間ではなく、まともな名古屋人は一度ツレになったら生涯親しくつきあうのだ。ツレがいるってことがその人の人間的財産だからである。

それなのに私はその財産から逃げたようになっていたわけである。

私がその同窓会の報せ(しら)をもらって出席できたのは、私が作家として世に出ていたから、その方面からようやく住所を調べて連絡できたからなのだった。そういうことでもなければ、清水という同級生はどこかへ消えてしまったままだったのである。

名古屋人のツレとの結びつきは強い。

その同窓会よりは後のことだが、私はＮＨＫの「課外授業 ようこそ先輩」という、自分が卒業した小学校へ行って授業をする番組に出たことがある。その授業で、名古屋ではツレと助けあいながら生活している、ということをテーマにした。六年生の一クラスの子たちに、親に、長くつきあっているツレがいるかどうかをきいてこさせたのだ。そうしたら、ものの見事にほとんどの親に親しいツレがあって、何くれとなく助けあっている、ということがわかった。

名古屋のお父さん、お母さんたちは、そういうツレ社会にいて、深くつながっているのだよ。だからきみたちも、今の友だちとこの先もずっと仲よしのままで、一生つきあっていくのかもしれないんだ。

という授業になったのだった。

あそこまでの大都市でありながら、人との交流ではコンパクトにまとまって狭い世界に生きているのが名古屋人だと言ってもいいだろう。そのことが、名古屋人の底力になっているような気がする。

名古屋人は家にへばりついている

名古屋で、小学生の時の同級生と大人になってもつきあっている要因の一つに、家のことがあるかもしれない。名古屋人は生まれ育った家に一生住むことが多いのである。

ただし、女性は結婚した時に、他家へ嫁ぐのだから家が変わる。だから男性について言えることなのだが、あまり家移（やうつ）りしないのだ。

結婚した時に、家を増築して二世帯住宅にすることはあるが、とにかく親と同じ場所に住むのだ。親に財力がある場合は、親の家の隣に若夫婦のための家を建ててもらって住んだりもする。

大学に入った時も名古屋の大学だし、就職も名古屋の会社だし、家が変わるタイミングがないのである。

だから小学校の同級生とはずっとご近所で分かれ分かれになることがないから、一生のつきあいになるのだ。

このことを違う角度から見ると、名古屋では核家族化があまり見られない、ということになる。結婚して子供もできた夫婦が、親と同居するか、すぐ近所に住むことが多いのである。

これが東京の場合だと、東京は全国から人が集まってきて住むところだから、夫も妻も親の家は他府県ということが多く、どうしても核家族化するのである。名古屋ならば、親も名古屋に住んでいるのだから、同居するのが普通ということになるのだ。

だから名古屋では、遊園地などでよくこういう一団を見かける。名古屋圏のテーマパークなどに遊びに来ている一団だ。それが、夫と、妻と、幼い子供と、夫の母、というグループなのである。子供の立場から言えば、パパとママとお祖母ちゃんとで遊びに来たのだ。

この組み合わせが、とても具合がいいのだ。

まず、どうせ自動車で来るのだから、交通費が余分にかかるということはない。入園料はお祖母ちゃんの分も払わなければならないが、お祖母ちゃんもお金を持っているから、食事代くらいは私が持つわ、ということになるケースが多く、得である。そして、お祖母ちゃんに子供の世話をまかせて、若い夫婦二人でジェット・コースターなどを楽しむことができる。つまりお祖母ちゃんは子守り役なのである。

念のために言っておくと、お祖父ちゃんは何の役にも立たないので留守番である。

そういう一団を、名古屋圏では非常によく見る。

要するに、名古屋の男性が家にへばりついているが故の非核家族化なのだ。

というわけで、小学生の時からずっと同じ家に住んで中年になった男が、家の近所の喫茶店とか、居酒屋へ行くわけだ。すると、その店の店主も常連客もみんな顔見知りのツレだ。

「最近調子はどうだ」

とか、

「なんか得する話ないかなあ」

なんて気楽に声をかけあう。ツレとそういう連絡を取りあうがためにこの店に顔を出
しているのである。

「得するどころか、息子が高校へ通うのに自転車がほしい言うもんだで、買ったらない
かんわ。大変なこった」

すると、小学生の時に同級生だったツレがこんなことを言う。

「それだったら、タダの自転車があるでそれ使わんか」

「タダの自転車なんかどこにある」

「うちの親父が、そういう話をきいとるんだ」

「あんたの親父さんって、元小学校で技術科の先生やっとった人だな」

「そうそう。その親父の昔の教え子が、今、知多の内海でリゾートマンションの管理人
をやっとるんだ」

「内海か」

「そんで、最近部屋を売っておらんようになった人が、まんだ使える自転車を置いてったんだと。誰かほしい人がおりゃ、その自転車やる、と言っとるんだ」

「それは得な話だなあ。それほしいわ」

「よし、話をつけたるわ」

その話に割り込んで来る人がいて、内海からなら、おれが軽トラで自転車運んだるわ、ということになったりする。

かくして、私が処分してほしいと頼んでいた自転車が思わぬところで役に立つのである。

名古屋人が家にへばりついているが故に、近所には昔なじみのツレがいっぱいいて、核家族化していないから、親の世話になることもできて、ムダになるはずだった自転車が使われるのだ。

名古屋人はそのように、ツレと助けあって生きている。親とも離れずに生きている。

その狭い社会が名古屋であり、だから居心地がいいのだ。

コロコロと移転を繰り返して、住んでいる地域とは何の関わりも持とうとしない東京人とはそこが違うのである。

なじんだ地域でなじんだツレと関わって、ずーっと助けあうのが名古屋での人生なのである。

若者たちも家にいて親と住んでいる

名古屋で家にへばりついているのは中年のおじさんだけではない。若者たちも親の家に住んでいて、ほとんど独立していないのだ。大学に進む時、多くが地元名古屋にある大学に入るので、親との同居になるのである。

と言うと、それは割と一般的なことではないのかな、と言う人がいるかもしれない。つまり、東京だけがとても特殊な都市で、若者が全国から集まってきて、多くの場合一人暮らしをしている。だけど、そんな都市は東京だけである。あ、京都も少しその傾向にあるかな。京都には大学が多いので他の地方から若者が集まってきて、一人暮らしをするかもしれない。

だが、東京と京都以外の地方都市は、若者があまり外へ出ることがなく、親の家に同居している傾向があるのではないか。名古屋だけが、若者が親の家にいる都市ではなかろうと、考えられる。

それは確かにその通りなのだが、名古屋はほかの地方都市とはちょっと違うのである。名古屋の若者は、同居している親世代に対して、若者によくある反発をあまりしないのだ。むしろ親世代の思考に同調していってしまう傾向がある。

それは名古屋の若い人が、自分を大人の側に近づけたいと考えることが多いからである。名古屋では大人っぽいというのが優秀な人間の条件なのである。

だから、22~23歳の若者が、おれももう大人なんだから青臭いことを言っていてはいけない、と感じている。世の大人のほうへ、なんだかあわてて接近していくのだ。

その結果、名古屋には若者文化というものがあまりない。若者らしい少々無茶な熱っぽい反抗的な文化が生まれないのだ。

若者文化は、東京のような若者が親と離れて一人で暮らしている場所で生まれるのである。親からあれこれ口出しされることなく、若さの情熱だけで突っ走って無茶なことを自由にやるから、それまでの常識から外れた新しいことができるのだ。

たとえばファッションにしたって、親にあれこれ口出しされてそれに従っていたら新しいものは生まれてこない。大人世代に反抗して、若者が自由にめちゃめちゃのことをする中から、新しい若者文化、新しいファッションが生まれてくるのである。

どうも名古屋の若者には新しい若者文化を生み出す情熱がない。親と同居していて、その親の価値観のほうへ合わせていってしまうのである。

そういう意味では、名古屋は若者があまりいない都市だと言えるかもしれない。自由に自己主張をして新しいものを生み出していくよりは、あまり無茶をしないで世の中の平均に合わせていくほうが大人というものだ、という感覚で生きているのだ。

そのことの裏には、ツレと同じようにしているほうが生きやすい、という判断があるのだろう。ツレとしっかり結びついている社会なので、そこから大きく外れることはよくないのだ。自己主張よりは、ツレ・コネクションの調和のほうを重視しているのである。

そんなわけで、名古屋の若者からは、とんでもないことをするはねっかえりが出にくいのだ。そこそこ常識的に生きてしまうのである。

ファッション関係では、少し前のことになるが名古屋嬢という言葉が注目されたことがある。名古屋の若い女性が、東京のそれとはちょっと違うファッションをしていると話題になったのだ。

どう違うかというと、名古屋のヤング・ファッションは、少しドレッシーで、華やかであり、かつ可愛らしいというのだ。フェミニンでありながら、エレガントだと言ってもいいかもしれない。つまりどことなくお嬢様っぽくて見た目に華やかなスーツやドレスになっていることが多いと注目された。

さてその名古屋嬢のファッションであるが、それはどこから出てくるものであろう。その答えは、母親と一緒に選んでいるから出てきたものなのである。

親の家に同居している娘は、当然のことながらファッションを選ぶ時にも、親の価値観をよりどころにしているのである。衣料を親が買ってくれる、ということも多いであろう。

そして母親が、若いんだからもっと派手なものを着なさいよ、とか、もっと可愛らしくしなさいよ、などとすすめるわけだ。それでいて、はめを外さずに上品なものにしなさいね、なんてワクもある。

そういう親の考えに従って、少し高くてもドレッシーなものになっていき、ちょっと上品だが華やかさのある名古屋嬢ファッションが出てくるわけなのである。

東京などでは、自立している女性が自由に自己主張をして、自分らしいファッションを生み出しているのにくらべて、名古屋の女性は親の制限の中で、親の喜ぶファッションを身につけているのだ。

名古屋嬢ファッションの正体は、親と同居しているからこそのファッションだったのである。

それほどまでに、名古屋では親と子が結びついて同じ価値観で生きているのである。

名古屋は人口200万人以上の大都市である。

それなのに、かくもツレとのつながりを大切にしていて、親と同じ家に住んで親の価値観に合わせているのは、田舎びた村のような社会だという気がしないでもない。

だが、それが名古屋を特別な異界にしている原因なのである。まるで小さな村の中に生きているかのような大都会人というのが、名古屋人なのだ。

名古屋に若者文化が生まれないのは、そういう要因によるものなのである。

第三章

名古屋人は功利的である

名古屋はお値打ち天国

インターネットで愛知県のグルメ情報を調べていると、やたらと出てくるのが「お値打ち」という言葉だ。「お値打ちにご奉仕」とか「お値打ちコース」なんていう表現がよく使われているのだ。

その「お値打ち」とはどういう意味なんだろうと考えて国語辞典を引く人はおバカである。「お値打ち」はどんな大きな辞典にも出てこない言葉だから。「お値打ち」で辞典を引くのが愚かなのであって、それは「値打ち」で引け、と言う人がいるかもしれない。確かに、「値打ち」は辞典に出てくる言葉だ。その意味は次の3つ。

①値を定める（これがもともとの意味。値を打つ、だから）。
②値段、価格のこと。
③価値、とうとさ（やってみる値打ちはある、なんて時の意味）。

そのように「値打ち」の意味はわかるのだが、それがわかっても「お値打ち」の意味はわからないのである。「値打ち」と「お値打ち」とは意味が少し違う言葉なのだから。

「お値打ち」とは「払ったお金以上の値打ちのある」という意味なのである。つまり、「予想以上に値打ちが高い」ということを、この言葉は表現している。そのような、通常限度を超えて特別に安くしているもののことを、「お値打ちだねえ」と言うのだ。

本来この値段のコース料理には茶碗蒸しはつかない。だけど、そこを大いに努力して茶碗蒸しをつけてしまう。だって名古屋の人って定食に茶碗蒸しがついてないとすごく悲しそうな顔をするんだもん。

というような場合、「お値打ちだねえ」ということになるのだ。つまり、この値段で商品がこれなのはすごく得、という感じの時に、名古屋人は「お値打ち」だと思うのである。

この「お値打ち」という言葉は、名古屋以外でも通じないわけではない。東京のグルメ情報を見ていても「お値打ち」という表現が使われていなくはないのだ。ただし、使用頻度がかなり違っている。

東京のグルメ情報で、「お値打ち」を検索してみたら30件あったが、それは全情報数が多いからで、使用頻度を計算してみたら0・35パーセントだった。愛知県はそれが

2・64パーセント。大阪府は17件。北海道で1件。九州や東北では0件だった。

つまり、他の地方だと通じない言葉というわけではないのだが、「お値打ち」をよく使うのは愛知県人だと言っていいのである。

愛知県人、名古屋人は「お値打ち」なことが大好きなのである。

そこに、名古屋人の金銭感覚があるのだ。私に、名古屋の人ってケチなんですよね、と言う東京の人がいるのだが、名古屋の人はケチではない。大阪人のようにデパートでも値切る、なんてことはできない。

値切って買うのが当然、とか、あまり物は買わないで貯金しよう、という金銭感覚とは違うのだ。名古屋人は基本的にはお金を使って消費を楽しむことが好きである。江戸時代から、まずまず豊かで町人の消費文化もあったからである。

ところが、名古屋人は思いがけずちょっと得をするという感覚が大好きなのである。事情があって今日だけは安くする、なんて日に買い物できると無上の幸せを感じるのだ。ツレにお店を紹介してもらって、あの人の紹介では儲けなしで売るしかないなあと安くしてもらえる。そういう時、これ以上に幸せなことがあるだろうか、と感じるのが名古屋人だ。

名古屋人は消費好きである。だが、消費をする時に、今日は特別に安い日とか、あなただけには特別に安くしよう、なんていう得しちゃう感じがあると、とても幸せになってしまうのだ。

とても面白いセンスだと思う。おまけがついていると、そのほうが得だがや、と喜ぶのだ。

名古屋の喫茶店でコーヒーを注文すると、コーヒーのお供にピーナッツやおかき、などののった小皿がついてくることが多い。あれは今ではして当然のサービスのようになっているが、もともとは、それがついているお得な感じが受けて始まったのだろう。つまり、「お値打ち」なのである。

「お値打ち」と言えば、クーポン券というものもその一つである。名古屋の主婦はクーポン券が好きで、よく使っているのだそうだ。

ちらしの隅についているのを切り取って持っていったり、ネット上のCMなら刷り出してクーポン券を持っていくのだ。すると1割引きとか2割引きにしてもらえるというものだ。

クーポン券というもの自体は全国にあるものかもしれないが、それを特に喜ぶのが名古屋の主婦なのである。その券を持って行くだけで割引きしてもらえるというのが「お値打ち」感覚のあることだからだ。

東京の主婦は、クーポン券を使って割引きしてもらうことをみみっちく感じてしまい、あまりクーポン券を使わないのだそうだ。

そして大阪の主婦は、クーポン券なんかなくても自分で値切るからそんなものは使わないのだそうだ。

ちょっと得しちゃうことが大好きな名古屋は、「お値打ち天国」なのである。豊かで、少しみみっちい感覚と言えるかもしれない。

すべてを、得か損かで考える

すべてにおいて、これは得だわ、というものには飛びつき、これは損だわ、というものには手を出さないという意味において、名古屋の人というのは非常に功利的なのである。

そのせいで、街の景観に魅力がない、ということもおこる。名古屋駅前とか、栄のような繁華街を見てみても、ただ四角いビルが並んでいるばかりで、デザインの面白いビルがほとんどないのだ。だから街の印象がフラットで、目を引かれることがない。

石原裕次郎が名古屋のことを歌った「白い街」という歌（ヒットしなかったので知る人は少ない）があるのだが、白い街とは、名古屋のパッとしない景観をよく表している。なんだか街が白々しいのである。

つまり、ビルを建てる時、凝ったデザインにすれば建築費がかさむわけだ。ビルは頑丈に機能的にできていればそれでよく、デザイン代に高い金を払うのは損だというのが名古屋人の考え方なのだ。だから街に、あっと目を引くような魅力がない。

ビルのデザインといえば、中部国際空港（セントレア）のビルの話が面白い。あの建物はもともとのプランでは、滑走路側の壁面がうねうねと波打っているデザインだったのだそうだ。ところが工事の前になって、この側面の壁を真っすぐにしたら工費はどれだけ安くなるか、という話が持ちあがり、計算してみた結果、真っすぐの壁に変更になったのだそうだ。ビルのデザインに金をかけるのはもったいない、という功利点な考え方が通ったというわけだ。

そういう精神があるから、名古屋の景観はどうもパッとしないのだ。名古屋駅のすぐ前に建ったトヨタ自動車の名古屋オフィスのあるミッドランドスクエアを見ても、まことに奇をてらったところのない質実剛健なビルで、この面白さのないところがトヨタだよな、なんて感じてしまう。

デザインよりも実質価値を重視するのが名古屋人の功利性である。

それで、実質価値という言葉が出て、思いあたることは、名古屋人には付加価値というものがわからない、ということだ。

付加価値とは、商品の持っている実質価値以外の魅力のことだ。一見なんでもないような商品だが、これはあの有名店のもので、そのことに価値があるのだ、というのが付加価値である。

それで、名古屋に京都などの有名料亭が進出しても、うまくいかず撤退してしまうことが多いのだそうだ。名古屋人は食事をとるのに、その店の名、という付加価値をあまり感じないからだそうだ。

たとえば有名料亭では、1回の食事に5万円もかかったりする。その5万円のうちのいくらかは付加価値代なのだ。

私も、この店で食事をとれるようになったか、という満足代が5万円の内に入っているのだ。

ところが名古屋人には付加価値がわからないから、1回の食事で5万円は高すぎやしないか、と考える。その料亭の名前の代金だという発想がないのである。

そして、そもそもこれ原価はいくらぐりゃあのものだ、と考えてしまう。そして、5万円は法外だわ、と結論が出るのだ。名古屋人には実質価値しかわからないからである。

名古屋人は、この安さでこれが食べられるのはすごく得だ、という「お値打ち」価値観しかないのである。

ところが、その実質価値しかわからない名古屋の人が、ファッション関係のブランド品には敏感で大いに愛好するのである。

シャネル、プラダ、グッチ、ティファニーなどといったブランドの、服やバッグやスカーフなどはかなり高くても買うのだ。むしろ大いに愛好している。

なぜならば、ファッション関係のブランド品は身につけていれば、他人に見えるからなのだ。他人が見て、あっ、シャネルだわ、と驚いてくれるところがいいのだ。

見えないおしゃれは意味がないが、見て、あっあれだわ、と思われるのは実質価値であり、大いに見せびらかしたいのだ。

そういうことだから、マイナーなブランド品では意味がない。誰が見ても、あっあれを持ってる、とわかる超有名ブランドでなければならないが、それはとてもほしいものなのである。

損か得かでしか価値を考えない名古屋人だが、超一流ブランドのファッションは、誰にでも見えるものだから得なものなのである。

このあたり、とても微妙である。一流料亭で食べても、自分に満足感はあるかもしれないが他人には見えない。他人に見えないところで高い料金を払うのは損なことである。

しかし、一流のファッション・ブランドのものは他人に見えて、一目置いてくれる。だから得なのである。

名古屋人は他人に見えるところでは大いに見栄を張る。うらやましいでしょう、と見せびらかす感じさえある。

だが、他人に見えないことには見栄を張らない。誰にもわからないところで見栄を張っても無意味なのだ。そういう時は、「お値打ち」なものに飛びつくのだ。

その辺は、実に功利的にきっちりとしているのである。

もらっていいものは、もらわずにいられない

初めて目にした時、これはいったい何だろうと思ったのは、街中の新しく開店した店の前に置かれていた、緑色のオアシス何個かだった。オアシスというのは、花を挿す緑色のスポンジみたいなものである。それが、受け皿にのっていくつも並んでいるのだ。弟の運転する車に乗せられて名古屋の街中を走っていた時のことである。

そこで弟にきいてみた。

「あれは何なんだ」

その答えは想像を超えたものだった。

「あそこに新しくオープンした店の、開店祝いの花だわ」

「花だわって言うけど、花なんかないじゃないか」

「開店祝いに飾った花を、その日のうちに近所のおばさんたちがもらっていっちゃうんだ」

あれには驚いた。開店祝いで飾ってある花をその日のうちにもらっていって、オアシ

スだけが残っているなんて常識では考えられないではないか。

「どうしてその日のうちにもらっちゃうんだ」

「開店したというのは、その日の朝店を開けた時のことで、そこを祝ったんだから、あとは用ずみの花だと考えるのかなあ」

弟も詳しくわかっているわけではなさそうだった。そういう会話をしたのは今から20年くらい前のことだ。

とにかく、名古屋では開店祝いに飾った花は、あっという間に近所の主婦に持っていかれてしまうというわけだ。あらまあ、用ずみの花があるわ、もらっていきましょう、というふうに。

信じられないような図々しさだが、得なことが大好きな名古屋人にはそれはごく自然なことなのかもしれない。そこにある、もらっていいものは、ためらいなくもらうのだ。

それ以来そのことを名古屋では気にしていて、私はもう一つ別のことを知った。それは、葬式についてである。葬式があると、斎場の門口などにも花籠（かご）がズラリと並ぶことがある。白い菊の花が入れられ、名札がついているような花籠だ。

それで、葬式が終わって、人が散り散りになる頃、あの花籠の花を近所の主婦たちがもらっていくのだ。あっという間に花籠はからっぽになる。

葬式が終わったら飾ってあった花はもらい放題というのが名古屋の習慣なのである。用ずみの花なんだからもらってもいいものである。このまま枯れさせてしまうのはもったいないから、近所の人が家に飾ればムダにならない。

そういう理屈で、みんな花をもらっていくのだ。開店祝いの看板が出ている店の前のオアシスだけ、というのはかなり異様な光景である。

しかし、それは一種の合理性だと言えなくはない。用ずみのものを放置しておくのはもったいないのだから。

もらっていいものはもらう、という名古屋人のする奇妙なことはほかにもある。

それは大相撲の時である。大相撲名古屋場所の千秋楽の日。

全取組が終わって、優勝力士の表彰もすんで、君が代も歌ってすべて終了。観客たちがぞろぞろと帰っていく時にそれはおこる。

係員が、土俵を壊し始める。すると、そこへ集まってくる名古屋人が少なからずいるのだ。そして、土俵を壊すのを手伝い、俵(たわら)を掘り出す。

その土俵の俵を、記念にもらっていく人が何人もいるのだ。あの、かなり大きくて重いものを、喜んでもらっていくのだ。

それについて、相撲協会の見解はこうである。

「壊して、捨ててしまうものなのですから、持っていっても何も問題はありません。協会としては、構わないと思っています」

そして、こうつけ加えた。

「でも、土俵の俵をもらっていく人がいるのは、名古屋場所の時だけなんですけどね」

あれはもらってもいいものなんだそうだ、と知るともらいたくなる、というのが名古屋人なのである。

でも、さすがに土俵の俵は大きすぎるし重い。そこで、会場の近くの道端にいくつか捨ててあるのだそうだ。

もらっていいものだときいてついもらってきたが、重くて大変だ。よく考えたらこんなものもらっても何の役にも立たないぞ。

と考えて、捨てていく人もいるわけだ。

とても面白い話だと思う。もらっていい、となるとついもらってしまう名古屋人。しかし冷静に考えてみれば、こんなものはいらないぞ、と気がついて捨ててしまうのであり、どうもやることがおかしい。

というわけで、どんなガラクタでも、台の上にきちんと並べて、「ご自由にお取り下さい」と書いた札を立てておけば、名古屋では誰かがもらっていくのであろう。

もらっていいものは、もらわずにはいられないのだから。自分はいらないなと思うものでも、ツレの誰かがほしいと言うかもしれんでもらっとこ、と考えるならば、それこそまぎれもなく名古屋人なのである。

間に合う人間こそ有能

「間に合う」という言葉には、いくつかの意味がある。その一つは、「時間に遅れずにすむ」「時間までに着く」という意味だ。「全速力で走って行ってようやく間に合った」というような使い方をする。

2番目の意味は「役に立つ」「急場の役に立つ」というもの。「予習しておいたことが間に合った」などと言う。どちらかというとその場しのぎ的に役に立つ時に言うことが多い。だから、「間に合わせの仕事」などと言ったりする。

3番目の意味は「足りる」「十分である」である。「3万円持っていれば十分間に合うよ」などと言う。この「足りている」から派生した言い方が、御用聞きに対して断りを言う時の挨拶語の「まにあってます」だ。

というわけで、以上のような意味で「間に合う」を使うのは共通語であり、方言ではない。それなのにここに取り上げたのは、名古屋の人は「間に合う」ことを非常に高く評価するからだ。

共通語のほうでは、「役に立つ」という意味の「間に合う」には、急場の、とか、その場しのぎの、というニュアンスがあって、最大級の評価ではない感じがある。「ふだん着で間に合うよ」というのは、それでもなんとかなる、という意味なのだ。

ところが名古屋の人が言う「間に合う」は、「立派に役に立つ」「有能でちゃんとできる」というような気持ちがこもっている。

名古屋の人が人間を評価する時の、とても重要な基準が、「間に合うかどうか」なのである。

たとえば社員を評価するような時に、いい学校を出ている、とか、成績がいい、というようなことより、「間に合うかどうか」、つまり、「現にちゃんとできる人間かどうか」

を見るのである。サラリーマンが部下を「あいつは間に合う」と思ったり、職人の源さんが新入りの鬼頭くんに「おみゃあも少しは間に合うようになってきたな」と言うのは最大のほめ言葉なのである。

要するに、名古屋では「間に合う」という言葉の印象が、共通語のそれよりいいのだ。学歴よりも「間に合うかどうか」。理屈をこねられるよりも「間に合うかどうか」を見てそこを評価する。

この理由は、名古屋の人は外見や肩書よりも、実質を見てそこを評価する傾向が強いからである。見ばえよりも、実利をとる、というような価値観が名古屋にはあるのだ。名古屋人は功利的である、ということの一つの表れである。

そういう功利を重視する傾向は、名古屋がまずまず豊かで町人文化がちゃんとあった、という歴史を持っているからではないかな、と私は思っている。

名古屋の人は、権威や、デザインに目をくらませられることなく、そのものの実際の価値を見て評価するのだ。まったくもって名古屋人は、それのホントの価値しか見ない。

その価値観で人間を評価するから、出た大学がいいとか、社長の息子だとかいうことより、「間に合う」かどうかなのだ。

そして、そういう価値基準を持っているせいで、名古屋の人は「間に合う」ことが多い。おれも「間に合う」奴だと思われているなあ、ということに誇りが持てるのだから、みんな「間に合おう」と思っていて、その意味で有能なのだ。

このことは、喫茶店でバイトをしている女の子や、パートのおばさんにまで言えることで、私も、大したものだなあ、と感心することが多い。

たとえば東京の喫茶店でバイトをしている女子大生はコーヒーを出すことしか考えていない。教えられたマニュアル通りに「コーヒーのほうになります」と言って出しているだけだ。

ところが名古屋のバイトの女子大生は、あの客がもう1時間もねばっているけど、どうしたものか、ということを考えている。そこまで考えて、ひんぱんに水のおかわりをするということをしている。

名古屋のパートのおばさんは、店の経営のことまで考えている。だから有能で、時には思いがけない出世をするような人までいるのだ。

人材を「間に合う」かどうかで評価する名古屋社会は、経済においてかなりの底力を持っていると考えていいと思う。そのことが自然に、できる人材を育てているのだから、名古屋のパワーの源なんだと思うのである。

名古屋ド派手婚の真実

名古屋はド派手婚で有名である。婚礼にお金をかけて豪華にやる、という意味で、娘が3人いたら身上(しんしょう)がつぶれる、なんて言われている。

たとえば大安の日に、名古屋駅の新幹線ホームにいると、白いネクタイをした正装の団体を見かけたりする。婚礼に出た帰りの人たちだ。その人たちが、ものすごく大きな荷物を持っていることに驚かされる。引き出物がでかいのだ。昔は大風呂敷で包んであったが、近頃は巨大な紙袋であることが多い。

嫁入り道具が膨大なこともよく知られている。大型トラックが2台、3台と連ねられることもマレではない。タンスの中には一生着られるだけの着物が入っている。乗用車が嫁入り道具の一つだということもある。

とにかくそのように、名古屋の嫁入りは派手なのだと世間には伝わっている。私も、自分の姉2人が嫁いだ古い昔の記憶をもとに、まったくその通りだなあと思っていた。ところが、その思い込みは間違っていたのだ。ほとんど社会の通説になっていることを、正しく調べてみると違う結論が出てくることがあるが、名古屋のド派手婚というのもそれなのだ。今回私は、それに関するデータを集めてみて、あっと驚いたのである。
結婚情報雑誌の『ゼクシィ』が毎年の挙式、披露宴、披露パーティーの総額を調査しているのだが、それによると2016年総額は次の通りである。

挙式、披露宴、披露パーティー総額順位

1位	福島	399・3万円
2位	首都圏	385・5万円
3位	宮城・山形	380・6万円
4位	茨城・栃木・群馬	380・4万円
5位	新潟	375・6万円
6位	長野・山梨	373・5万円
7位	九州	372・0万円

8位	富山・石川・福井	364・0万円
9位	四国	362・0万円
10位	東海	361・7万円
11位	関西	337・4万円
11位	岡山・広島・山口・鳥取・島根	337・4万円
13位	青森・秋田・岩手	326・9万円
14位	北海道	196・0万円

全国を14の地区に割って、挙式・披露にかけるお金の額に順位をつけたら東海地方は10位だったのだ。これでは名古屋ド派手婚というわけにはいくまい。

でも、名古屋の婚礼が派手に見える、というのは否定しがたい気がする。それはなぜなんだろう。

ここにあげた順位は、挙式、披露宴、披露パーティーの費用であって、結納だとか、嫁入り道具の費用は入っていない。そういうところで名古屋はお金を使うのだろうか。

私は名古屋の婚礼についてくわしく調べ、いろいろ考えてみた。そしてついに、名古屋ド派手婚の正体をつきとめたのである。

秘密は、どういうことにお金を使うか、というところにあった。

たとえば、名古屋では結納の飾りが豪華であることが多い。結納品は普通、熨斗、小袖料（結納金）、酒肴料（結納金の一割）、寿留女、子生婦、友白髪、末広の7品目だ。末広というのは白い扇である。そういうものに、目録、というものがついていて、一品ずつがすべて三宝にのっているのだ。だから飾ると六畳間いっぱいになってしまう。

その上名古屋では引き出結納といって、花嫁側からも結納返しをするのが普通だそうだ。それも品数を7品にして、飾りをつける。

要するに、名古屋の結納は飾りたてて大いに見せびらかすセレモニーなのだ。ひとにお披露目することが目的なのである。

嫁入り道具にも同じことが言える。名古屋では普通、嫁入り道具は嫁ぐ新婦の実家に運び込まれ、近所の住人にお披露目されるのだ。そして、紅白の幕で飾った何台ものトラックで新郎の家へ運ばれ、そこでも近所の人にお披露目される。派手にして見せびらかす、ということに主眼があるのだ。

婚礼に際しては、菓子まき、をするのが伝統だ。花嫁の実家で、集まった近所の人々に屋根の上から菓子をまくのである。ただし、これはちょっと古い話だ。

近頃はさすがに屋根の上からまくことは少なくなっているそうだが、それでも大袋に入れた菓子を近所に配ることはしている。名古屋の菓子問屋街へ行くと、「嫁入り菓子あります」という看板が今も見られる。

そしてもう一つ、名古屋の結婚式で目立つものが新幹線のホームでも見た引き出物である。これは、5～7品目で、大きくて、重いことが重要視される。まずメインの記念品が、陶器とか、家電製品とか、ホーローの鍋などから選ばれる。そこに、お料理と赤飯の折り詰め、和菓子、洋菓子、砂糖、鰹節など。

この時、記念品を電子手帳にしよう、などと言うと、そんな小さなものは目立たんで、湯わかしポットにしときゃあ、などと言われる。大きくて重いからこそ、目立つ、と考えるのだ。

もう、おわかりであろう。名古屋の婚礼で重視されるのは、結納、嫁入り道具、菓子まき、引き出物などで、それはすべて親戚や近所の人によく見えるものなのだ。そこを派手にすると、とても目立って立派そうだ、というところに金をかけるのである。

名古屋ド派手婚の正体は、よく見えて目立つところに金をかける、ということなのだ。見えんところに金をかけても、誰も感心してくれんがや、という合理的な考え方が、見せびらかし婚礼を生んでいるのである。

ここからわかる、見えんところに金をかけても誰にもわからんで損だ、という考え方こそが、名古屋人が常に実利のことを考えているという、功利性のあらわれなのである。

名古屋の人は何事においてもそんなふうに、損か得かを考えているのであり、それはもう一つの文化と言ってもいいものかもしれない。

第四章

名古屋弁は仲間内言語である

消えゆく名古屋弁、消えない名古屋弁

全国のどの地方についてでも言えることだと思うが、その地方のお年寄りが使う古い方言は消えゆく傾向にある。その古い言い方をする人がめっきり減ったなあということになれば、当然のことである。若い人はそんな言い方をしないものなあ、ということで、方言が消えていくように見えるわけだ。

たとえば名古屋弁でも、語尾につける「なも」や「えも」という言葉は、かなりの年寄りでないと使わないもので、消えつつあると言えよう。

「ええ天気だなも」「それでえも」なんて、優しい響きの言い方だったのに。

私の作品に、名古屋の下町のおばあちゃんたちが探偵をするという、『やっとかめ探偵団』というシリーズがあるのだが、この、「やっとかめ（八十日目）」（久しぶり、という意味）も、半ば消えかかっている方言かもしれない。かなりの年配でないと使わない言葉になっていて、年配の人はだんだん減っていくからだ。

しかし、そういう例があるからといって、世の中全般に、方言が消えつつある、と考

えるのは間違っていると思う。お年寄りの方言はだんだん消えていくが、若い人は若い人でその地方独自の言葉をしゃべっているもので、ひょっとすると方言とは気がついていないかもしれないが、ちゃんと使っているのだ。

ただし、自分の方言に気がついていない人が結構多い。「あなたは方言を使っていますか」という質問をすると、そんなに使ってないと思う、という回答が多くなる傾向にあるのだ。その人としては、自分はごく普通の日本語を使っているだけだ、という意識でいるから、使ってない、という答えになるのだが、その人が普通だと思っている言葉が実は方言だということが多いのである。

私がＮＨＫの「課外授業 ようこそ先輩」に出た時にも、小学生にきいてみたところ、ぼくは名古屋弁を使っていない、と答える子が多かった。

「名古屋弁なんか使っとらんよ」と言うのだ。

ところが、～していない、を、～しとらんと言うのはまぎれもなく名古屋弁なのである。

そういう気がつきにくいところに、方言はしっかりと残っているのだ。

名古屋弁で今でもしっかりと残っていると私が思うものは、「とる」「もんで」「いかん」「でしょう」などというものである。

あなたの言葉の、「している」をすべて「しとる」に変えると、それだけでぐっと名古屋弁ぽくなる。

「わかっとる」

「知っとる」

「見とる」

「バレとる」

そして、「ものだから」を「もんで」にするのも名古屋弁だ。

「金がねゃあもんで買ったれんがや」

「私はちゃんと知っとるもんで、だませれんよ」

「親がうるせゃあもんで遊んでばっかおれんがや」

名古屋人はこの「もんで」をひんぱんに口にしている。

「いかん」は「いけない」の方言である。

「早よやらないかん」

「借りた金は返さないかん」

「中日が弱いで、応援にいかんといかん」

最後の「いかんといかん」は、「行かないといけない」である。

名古屋の人はこの「いかん」をやたらと口にするので、他国の人からは、何か否定的な気分なんだろうか、と思えてしまう。

最後の「でしょう」はちょっとややこしい名古屋弁である。もともと、推量を丁寧に言う時の「でしょう」は共通語である。ところが名古屋の主婦は、双方が知っていることを確認する時に、ちょっと語尾を上げた「でしょう」を使うのだ。

だから天気予報なら、

「明日は雨でしょう」

と言うのだが、名古屋の主婦は、

「きのう雨だったでしょう」

と言うのだ。両者が知っていることを確認しているのだ。

そして、この「でしょう」は、ベタな名古屋弁の「だがね」をやめようとして、共通語にしたつもりで出てくる名古屋弁なのである。

つまり、本当はこんなことが言いたいのだ。

「そんなことは知らんもんで、私はご飯作って待っとるがね。ところが旦那はちっとも帰ってこえせんがね。だんだん私も心配になってきてまうがね」

しかし、この「がね」の連発は美しくない名古屋弁なので、共通語で言おう、と修正したつもりで「でしょう」を使うのだ。

「そんなことは知らんもんで、私はご飯作って待っとるでしょう。ところが旦那はちっとも帰ってこえせんでしょう。だんだん私も、心配になってきてまうでしょう」

その、美しく言い替えたつもりの主婦名古屋弁であるところの「でしょう」が、考えを押しつける感じがあって妙に気にさわる言い方なのだ。

そんなところに、名古屋弁はちゃんと生きているのだ。

「なも」や「えも」や「やっとかめ」や、「ひずがない」(元気がない)や、「気がやめる」(気がとがめる)などという古い名古屋弁はなくなっても、若い人は若い人の名古屋弁をしゃべっているのだ。

時代と共に全国で方言がなくなっていき、みんなが共通語でアナウンサーのようにしゃべるようになる、なんてことはないのである。

名古屋の若い人は昔のように「みゃあ」「きゃあ」「ぎゃあ」という名古屋弁をあまり

使わなくなっているなあ、というような変化はあるが、名古屋弁がなくなったということではないのである。

名古屋弁には濃淡がある

名古屋の人は名古屋弁をしゃべっている、と大きく言えばまあそうには違いないのだが、一方で名古屋弁というのは、濃度の調節ができるという特徴を持っている。

つまり、名古屋人ならばいつどんな時でも、ベタな名古屋弁でしゃべっているのかというと、そうではないのだ。

よく知った人、親友、名古屋人同士、というような場面では、話している相手は仲間だ、と思うからベタな名古屋弁になる。ところが、東京から出張で来ている人と話しているんだとなると、仲間としゃべっているのではないから、少し緊張して、名古屋弁の度合いを薄めてしゃべったりするのだ。

たとえば東京の人に、

「名古屋で面白いところはどこですか」

ときかれたとしたら、仲間にきかれた時の答え方、

「名古屋なんか、おもれえとこあれせんでいかんがや」

とは言わないのだ。

相手が東京の人だとわかっているのだから、

「名古屋には面白いとこがそうありませんで」

などと、名古屋弁度を薄めてしゃべる。

つまり、誰としゃべるかによって、名古屋弁度の濃淡を加減してしゃべるのだ。

さっきの東京の人にきかれた場合にしても、その後名古屋の同僚と話す時はこうなる。

「東京の人にきかれてまって、あがってまってしどろもどろだがや」

その時はベタな名古屋弁になるのである。

だからたとえば、街頭インタビューを受けてマイクを突きつけられたなら、これは公的な発言だからという気がして、名古屋弁度を薄める。

「どでゃあ無理こいとるでいかんわ」

というベタな名古屋弁はやめて、

「そもそも最初から無理があってそこが問題ですわね」

ぐらいには言うのである。

そもそも名古屋弁は仲間内言語的なところがあって、仲間だと濃度を濃くし、仲間じゃないと濃度を薄くするという言語なのだ。そういう名古屋弁度の濃度の調節を名古屋の人は無意識的に行っている。

だからたとえば名古屋の若い女の子が家電（いえでん）に出たような時にも、初めは名古屋弁ではなく応答する。

「はい加藤です」

と、名古屋弁度ゼロで答えるのだ。

そして、相手が友達だとわかった瞬間に、

「なにぃ、あんたかあ」

と名古屋弁モードに突入する。名古屋弁とはそのように、濃度調節つまみのついている方言なのだ。誰が話し相手かで名古屋弁度が違うのである。

これは、誰が相手でどこでしゃべっていても、ベタな大阪弁を変えようとはしない大阪人とは大きく違っている点である。

名古屋弁は仲間としゃべる時の方言なのである。

だから、最もベタな名古屋弁が飛び交っている場所は同窓会の会場である。そこへ行ってしまったらもう、古くからの仲間としゃべるんだからということで、コテコテの名古屋弁を使うしかないのだ。

私なども、同窓会に出てしまったらもう、名古屋弁全開でしゃべる。そこでもしも、

「いやあいけないよ。近頃は本がさっぱり売れないから、まいってしまってるんだ」

などと言ってしまったら、総スカンをくうのだ。

「清水も完全に東京の人間だがや」

「偉なってまって、お高くとまっとるわ」

と言われてしまうのだから。そして仲間ではない、と分類されてしまう。

だから、こう言うしかないのだ。

「いかすきゃあ。本がまるっきし売れーせんようになっとるで、どうにもわゃだぎゃあ」

そう言ってこそ、うん、同窓生の清水だ、と思ってもらえるのである。

名古屋弁は仲間に引きずりこむパワーを持った方言で、だからこそ、仲間じゃない相

手と話す時は名古屋弁度を薄める。

というわけで、私は社会人になって上京した時には、名古屋弁をほとんど使わず、東京の人間としておかしくない話し方をすることができた。ちょっと注意していれば、名古屋弁は出ないようにしておけるものなのである。

公式の場では名古屋弁を使わない、仲間以外に名古屋弁を使うのは変だ、という意識があるからだ。

若い頃の私は、ビシッと東京のサラリーマンになりきっていた。

ところがこの頃は少し老化もしてきて、たまについうっかり名古屋弁が出てしまったりする。緊張感が薄れているのであろう。

とにかく、名古屋弁には濃淡の調節つまみがあるというのが大きな特徴である。名古屋の人ならいつでもどこでもコテコテの名古屋弁をしゃべっているというわけではないのだ。

名古屋市長の河村たかしさんは、市長になってからわざとなるべくコテコテの名古屋弁をしゃべるようにしているようで、かえって名古屋の人からも、市長の名古屋弁はどうもなあ、と不評を買っている。市長としての発言は大いに公的なものなのだから、そこに仲間内言語の名古屋弁が出てくるのは、どうも違和感があるのだ。

名古屋弁とは、そのあたり、かなり微妙なものなのである。

「してみえる」という名古屋弁

「みえる」というのはいろんな意味でヘンな名古屋弁である。この言葉の使われ方に、名古屋人の微妙な心の揺れが関係しているのだ。

たとえばの話、「みえる」が名古屋弁だと言われて、それは違うんじゃないのか、と思う人が結構いるのではないだろうか。「みえる」というのは「来る」の尊敬語で、それは全国で通じる共通語だぞ、というわけだ。それはその通りである。

「教授がおみえになりました」

というのは、教授が来たことを尊敬をこめて言っているのであり、共通語だ。「いらっしゃいました」と同じ意味である。

ところが名古屋では「みえる」を、「××していらっしゃる」という時の「いらっしゃる」の代用としても使うのだ。つまり、「来る」の尊敬語としてではなく、「いる」の尊敬語として使う。

「住んでみえる」「わかってみえる」「覚悟してみえる」「食べてみえる」等である。

この言い方は、名古屋弁文化圏に特有のもので、名古屋弁だと言わざるをえない。

しかも、「してみえる」という言葉が面白いのは、名古屋の人が、これは名古屋弁ではない、と思って使っているところだ。いやそれどころか、名古屋弁を使うのはやめておこう、と思った時に出てくる言い方なのだ。

「××していらっしゃる」を、古いベタな名古屋弁で言うと、「××してりゃーす」もしくは「××しとりゃーす」になる。

これに対して、既婚の女性（つまり、おばさん）が、名古屋弁丸出しで少し体裁が悪いがね、美しい標準語で言いましょ、と思った時に、「してみえる」が出てくるのだ。その人たちは、名古屋弁をやめておいたつもりなのである。きれいな標準語にしたつもりで、よそではあまりきかない、名古屋に特有の言い方を選んでいるという皮肉だ。

というわけで、私は名古屋に帰って、昔の同級生の女性などと話すと、どとうの「みえる」攻めにあうのである。

「よく帰ってみえるの」

「親御さんは元気にしてみえるの」

「すごく活躍してみえるね」

「そんなことまで知ってみえるの」

子供や未婚の女性が使うことはあまりないが、名古屋のおばさんは「してみえる」まみれなのだ。

「奥さん、知ってみえる？　網戸にはアミリャートだがね」

という古いCMにあった名古屋弁は、まさしくおばさんの名古屋弁だったのだ。

ただし、男性が使わないわけではない。男性だって、目上の人に敬語を使わなきゃいけなくて、あんまりベタな名古屋弁はやめておこう、と思う場合はある。

「部長のお子さんは、名古屋大学に行ってみえるんでしたよね」

こう言えるサラリーマンは、ちゃんと敬語が使えて優秀だということになる。しかも、自分が名古屋人だという立脚点を忘れてなくて、偉い！　というぐらいのものだ。

ちょっと話が変わるようだが、方言というのは話し言葉の中にあるもので、書き言葉の中には出てこないというのが原則だ。

東北地方の人が「おらたずは行がね」としゃべっていても、文章を書く時には「おれたちは行かない」と書くものである。気を抜いた時のミスを例外として、方言とは話し言葉に出てくるもので、文書には出てこない。ところが、ある言葉を方言だと気づいていない時には、文書の中にも出てきてしまう。

私がかつて知多半島の内海にリゾートマンションの一室を持っていたことは既に語ったが、その時、わずかな金額だが税金を払わなければならなかった。その税金の払い込み用紙の裏に、次のような文章が印刷されていて笑ってしまった。「なお、自動振込の手続きをしてみえない方は、次のような手続きをして下さい」

やっぱり、「みえる」が名古屋弁だとは思っていないのだ。だからこそ税の払い込み用紙という公文書に準ずるようなものに印刷できるのであろう。

それにしても、面白い心の動きではないか。名古屋弁はきたないぞ、目上の人に敬語でしゃべるような時はなるべく使わないようにしよう、という精神活動があって、その時に出てくる名古屋弁なのだ、「してみえる」は。

それとよく似た構造の、これも女性がよく使う「でしょう」については既に書いた。とにかく、やめたつもりの名古屋弁とは面白いものである。

「みえる」を使ったこんなやりとりを作ることができる。

「白内障の手術をしたら、物がくっきりとよく見えるようになって驚いているんだ」

「えっ。そんなら私の顔のシワも、くっきり見えてみえるんかねェ。やめてほしいわ」

見えてみえる、というのは珍名古屋弁の大関くらいにランキングされるのではないかな。

「いんちゃん」と言う名古屋の子供

昔、「ジャンケン入門」という本を出して、その文庫の解説を名古屋出身で、私の高校の後輩でもある作家の高千穂遙氏に頼んだことがある。氏はいい解説を書いてくれ、最後をこう結んでいた。

「ところで清水さん。昔、ジャンケンと言ってましたか？　いんちゃんと言ってませんでした？」

もちろん、いんちゃんである。ジャンケンという言葉を知らないわけではなかったが、当然のように「いんちゃん、ほい」と言って勝負していた。

このことは20年ぐらい前でも同じである。かつて私はＮＨＫの「ことばテレビ」という番組に出ていたが、その番組が日本全国でジャンケンのことをどう言っているか調べたことがあるのだ。その時、愛知県では、いんちゃんだった。番組のオープニング映像に、当時御存命だったきんさん、ぎんさんが出てくれ、「いんちゃん、ほい」と勝負してくれた。

というわけで、子供の名古屋弁のことを考えてみよう。子供の遊びや、学校での行事などに、その地方ならではの言い方が残っていることは多いのである。

たとえばの話、私は子供の頃、東京の子がメンコとよんでいるもののことを、しょうや、と呼んでいた。

ただし、もうメンコで遊ぶってことがなくなっているだろうから、名古屋の子もしょうやという言葉を知らないかもしれないが。

ところで、なぜあれをしょうやと呼んだかについて、私はこんな想像をしている。ジャンケンによく似た三すくみ拳に、孤と猟師と庄屋のポーズを体で表す庄屋拳というものがある。そして、私が遊んだ紙のしょうやには、裏に必ずジャンケンの、グー、チョキ、パーいずれかの絵がついていた。つまりあれは、ジャンケン用のカードでもあったのだ。そのジャンケンと庄屋拳を同等のものとみなして、庄屋拳用のカードだから、しょうやと呼んだのではないだろうか。

では次へ行こう。私が子供の頃はビー玉で遊んだものだが、あれを私たちはカッチン玉と呼んでいた。しょうやもそうなのだが、カッチン玉も勝負に負けるととられてしまうのであり、大敗して涙目になったりしたものだ。

だが、もうビー玉で遊ぶ子はいないだろう。あれは今色のきれいな物が観光地でお土産として売られていて、金魚鉢の底に沈めたりする飾りとなっている。そこで初めて見るのだから、名古屋の子もビー玉と呼ぶことになるのだろう。

なお、余計なうんちくをたれると、ビー玉とは、できのいいA玉ではなく、ちょっと質の落ちるB玉というところから名づけられているのである。

そんなふうに、名古屋の子ももう、しょうややカッチン玉という言葉は知らないかもしれない。でも、今の子は今の子なりに、名古屋でしか言わない言葉を使っているのである。

その例が、分団と放課だ。私は名古屋の小学生を対象に作文教室をやっていたことがあるのだが、その作文の中にしばしば出てきたのが、分団と、放課だ。

そういう作文を読んで、東京の編集者が必ず不思議そうな顔をして、これは何ですか、と言うのだ。

名古屋の小学校では、集団登校が普通だ。町内ごとに小学生がグループを作り、列を作って登校するのである。その集団のことを分団というのだ。

「分団の集合所へ行ったら××くんがいた」

というような作文になるわけだ。これが東京の人にはわからない。意味を教えてやると、消防団みたいな言い方ですねえ、なんて驚いている。

放課も、通じない言葉だ。ただし、全国で通じる言葉として、放課後、という言い方はあるのである。それは、一日の授業がすべてすんだ後のことだ。「放課後の校庭」と言えば、無人のグラウンドが思い浮かぶ。

ところが名古屋では、1時間目と2時間目の間の10分ほどの休み時間、2時間目と3時間目の間も、つまり授業と授業の間のすべての休み時間のことを放課というのだ。

子供の作文なのだから、その時のことがしばしば書かれる。しかも、低学年の子はそれを平仮名で書くわけだ。

「ほうかに××くんとけんかしてしまった」などと。

思うに、名古屋の小学校の先生たちも、放課が他府県では通じない言葉だとは知らないのではないだろうか。

しかし、そういう子供の名古屋弁は多いはずだと思う。鬼ごっこのことをどう言うか、おしくらまんじゅうのことを今どう言っているのかなど、調べてみると面白いであろう。

子供たちの用語の方言は、方言であると同時に、子供たちの中での流行語でもあるのだ。だから、時代と共に変わっていく傾向にある。

私が子供の頃、ゲーム中にタイムをかけることを、メンキと言っていたが、あれなどは完全にあの時だけの流行語だったと思う。

机をつる、は名古屋だけの言い方

日本のいろいろな地方の人にとって、その地方の方言は自分のアイデンティティーに結びついた貴重な財産である。方言だから恥ずかしい、なんて思う必要はなくて、自分の古里の味わい深い言葉を誇りに思えばいいのだ。

今から150年くらい前には、方言しか話せないと不便なことがあった。日本の各地にそれぞれの方言があるばかりで、日本中で通じる共通語（標準語）がなかったからだ。幕末は全国から京都へ志士がおしよせて尊皇攘夷などの思想をわめきちらしたものだが、その時、他国の人と言葉が通じないことがよくあったそうだ。たとえば薩摩の人と水戸の人が倒幕の相談をしようとしても、互いに相手の言っていることがさっぱりわからないのだ。

やむなく筆談をしたりしたそうだ。もしくは、能や狂言の、「おまえにさぶらうは××にござる」式の言葉でようやく意思を伝えあったのだとか。

これでは不便でしょうがないということになり、明治になって政府は共通の日本語を作った。このことは井上ひさし氏の『國語元年』という作品に描かれているが、東京の山の手言葉と、長州の言葉などをもとにして、標準の日本語を作ったのだ。そして、学校教育でそれを日本中に広めた。

この標準語は当初なかなか定着せず、教科書に「もしもし」と書いてあっても東北地方の先生はそれを「もすもす」と読んだりして、日本中の人が同じようにしゃべるようにはなかなかならなかった。

そのことに大変化をもたらしたのが、まずラジオであり、次にテレビだった。その二つでアナウンサーの言葉を耳にすることによって、日本中に共通の言葉が定着したのである。現代では、日本中のどの地方へ行っても、方言はあるがそれとは別に共通語をしゃべることができるのが普通だ。

そうなったからこそ、逆に方言はその地方の財産として、守っていけばよいことになる。そのように方言は復権したのだ。

しかし、方言でしゃべったり、方言を書いたりすることが似つかわしくない場合もある。万人に向けた小説や、エッセーを、方言で書くということはあまりないわけだ。だから私も小説を方言で書くことはしない。ある地方の人が出てきてその地方の方言をしゃべるシーンはあっていいが、地の文が方言だということはありえないのである。

ところが、失敗してしまうことがある。私がある言葉を、名古屋の方言なのにそうとは知らず、共通語なんだろうと思い込んでいた場合には、それを地の文に書いてしまうわけだ。

私は「覚わる」という言葉でその失敗をした。「覚えられる」という意味のその言葉を、日本中で通じるものだと思い込んで使ったのだ。東京人である予備校生のセリフとしてこう書いた。

「あの先生は教え方がうまいからよく覚わる」

そうしたら、東京生まれの編集者に、これはどういう意味ですか、ときかれてしまった。えーっ、これは名古屋弁だったのか、と驚いて何人もの編集者にきいてみたところ、唯一人としてこの言葉がわかる者がいなかった。

「覚わる」は名古屋弁だったのだ。40歳になるまで私は思い違いをしていたのだ。

地方ごとに、名詞が違っているのは、方言だと気がつきやすい。「自転車」のことを「けった」と言うのは名古屋弁だとすぐに気がつく。

だが、日常何気なく使っている動詞が方言だと、気がつきにくいものである。たとえば、名古屋では物を持ちあげることを「つる」と言う。特に、「机をつる」という用例をよく耳にする。これは、学校では掃除の時に机を移動させるので、根強く使われる言い方になっているのだ。

「机のそっち側をあなたがつって、動かしましょう」

という言い方だ。ところがこの言い方では他の地方の人には通じない。共通語では、持ちあげて、と言わなければならないのだ。

そして同じことを広島では、「机をさげる」と言う。岡山では「机をかく」と言うのだそうで、地方ごとに動詞が違うのである。こういう事例は混乱しやすい。

鍵をかけることを名古屋では「鍵をかう」と言う。

「ちゃんと鍵かったか」

「あ、かうの忘れてきた」

というやりとりになるのだが、名古屋の人にしてみれば、それが方言だなんて夢にも思っていないのではないだろうか。

めしをたくために、米を研ぐ。それが共通語の言い方だが、名古屋ではそのことを「米をかす」と言う。それは方言であり、どんな理屈でその言い方をするのか不明なため、漢字では書けない。

「めしをたくために、米をかしとったんだ」

「米を人に貸しては、たいて食べることができないだろう」

「そうだなて、米をかすんだわ」

「わかんないなあ」

ということになるのである。

「捨てる」ことは「ほかる」、「追う」ことは「ぼう」などと、動詞の名古屋弁はややこしいのである。

「行こまい」は「行こうじゃないか」

私が中学生の時通っていた学習塾の塾長先生は、とても厳しくて熱心な名先生だった。少しこわい先生なのでみんな背筋をのばすようにして授業を受けたものだが、時にはその先生が生徒をリラックスさせるようなユーモアを見せることもあった。

ある時その先生が、おふざけの名古屋弁テストをしたことがある。その先生は島根県出身の人で、常々名古屋弁のことをおかしいなと思っていたらしいのだ。

次の名古屋弁の意味はどれか、と先生は言い、出した名古屋弁が「行こまい」だった。

①行かないでおこう
②行こう

さてどっちか、と言うのだが、名古屋生まれの私にはすぐに②の「行こう」だとわかるのだった。

でも先生は、おかしいじゃないか、と言うのだ。「まい」というのは、そうではない時につける助動詞なんだから、否定の意味になるはずだ、と言うのである。

名古屋に出てきてすぐの頃、失敗したのだそうだ。近所の人があるところへ誘ってくれて、楽しみにしていたところ、「じゃあ行こまい」と言われて、なんだ行かないのかと失望して帰ってきてしまったことがあるのだとか。

私はその話をきいて、行かない時には「行くまい」と言うのであり、「行こまい」は、さあ行こうと誘っているんだがなあ、と思ったものだ。

簡単に整理しておこう。正しい日本語では、「まい」は、理の当然としてそうではないはず、と否定したり、……のはずはない、という気持ちをこめたりする助動詞である。当然しなければならないという意味の「べし」の対語の「まじ」の変化した形だそうだ。

「原爆を許すまじ」

の、「まじ」である。とにかく、否定の強意なのだ。「仏様でもあるまいし、一膳飯（いちぜんめし）とは情なや」というような使い方が正しいわけだ。

ところが、名古屋弁の「まい」はそれではない。「行くまい」ではなく、「行こまい」

になっていることに留意しなければならない。

この「まい」は、相手の同意を呼びかける意識で、「〜しよう」と言っているのであり、「じゃないか」という言い方に近いのだ。

「行こまい」は「行こうじゃないか」なのである。

もう25年ぐらい前になるが、ハリウッド映画で、日本へ来たプロ野球の外国人助っ人選手を主人公にしたものがあった。「ミスター・ベースボール」という映画だった。そのチームが中日ドラゴンズで、その監督役を高倉健が演じた。

それで、その映画のロケで、今は使われていない名古屋球場が使われ、観客役のエキストラが募集されたのだ。名古屋にだけ流されるテレビCMで、エキストラ募集が大いに訴えられた。そのCMのコピーが「行こまい！ ハリウッド」だったことを私はよく覚えている。正しく名古屋人を誘っているではないか、と思ったのだ。

「まい」は音便で「みゃあ」になる。くだけた感じに「行こみゃあ」と言っても同じ意味なのだ。「そろそろおいとましようじゃないか」という意味で、「まあそろそろごぶれいしよみゃあ」と言えればあなたもれっきとした名古屋人だ。

「つまらんで、やあとこみゃあ」

「見なんだことにしといたろみゃあ」

これらはすべて、同意を求めて呼びかける言い方なのである。

ところで、もうすっかり昔のことになってしまったが、デビュー間もないタモリ氏が、名古屋からかいネタ、というものをやって話題になったのは、名古屋の人には忘れられないことだろう。

名古屋の人は、手の中に車のキーをチャラチャラいわせて、「行こみゃあ」「やめとこみゃあ」「あとにしよみゃあ」などと、みゃあみゃあ言ってあんたらは猫か、というようなネタだった。そのせいで、名古屋人はみゃあみゃあとしゃべるというのが全国に知れわたってしまったのだが、あの、みゃあみゃあの正体は「行こまい」の「まい」なのである。「まい」もしくは「まえ」の音便が「みゃあ」なのだ。「お前」は「おみゃあ」になることがある。「気前がいい」は「気みゃあがええ」になるのだが、こういうのは必ずそうだということではない。若い人より老人のほうが、「みゃあ」になりやすいと言えるだろう。

「おみゃあも、ようやっと一人みゃあの職人になったなあ」

というセリフは、老人の職人のものであり、若い人はそうは言わないだろう。

なお、方向を表す「前」だけを言う時は、「みゃあ」にはならない。小学校で、「みゃあにならえ」なんて言ってはいなくて、「前にならえ」である。

「おしまい」は「おしみゃあ」になることがあるが、これも、やや老人っぽい言い方である。方言も、こういう音便であるくだけた言い方になると、言ったり言わなかったりが微妙なのだ。でもとにかく、タモリ氏の言うみゃあみゃあの正体は「まい」なのである。

武士の言葉みたいな名古屋弁

「ごぶれいする」と名古屋の人は言うのである。これはまるで江戸時代の侍の言葉のようだが、名古屋ではよく耳にするのだ。男性の言い方なのかと思いがちだが、私の母などは、先に風呂に入ってしまって出た時に、「お先にごぶれいしました」と今も言っている。

もちろん、「御無礼する」がもともとの形である。

「これは御無礼をつかまつった」と言えばまさしく侍の言い方となる。

もともとは、無礼なことをして申しわけない、お許し下さい、という気持ちをこめた言い方なのだが、そこまで謝罪する気はなくても、軽く「ごめん」「ちょっと失礼」という感じに使われている。その意味では「失礼」とか「失敬」という言葉と同じ成り立ちの言い方である。

ごめんなさい、という気持ちを伝える時、英語では「私が悪かったと思う」という論理で、アイ・アム・ソーリーと言うのだが、日本語では、礼儀のことを持ち出すのだ。「失礼しました」というのは、「礼儀に外れたことをしてしまいました」という意味あいである。礼の国ならではではないか。

「失敬する」というのは明治、大正の頃の男性の言葉（もともとは学生言葉）だが、あれは「敬いの心のないことをしてしまった」という意味あいだ。そして、いろんなニュアンスに使われる。

「失敬なことを言うな」には、見くびらないでくれ、という気持ちがこもっている。

「いや、失敬、失敬」というのは、軽く、ごめんごめん、と言ってるだけ。

「うまそうな柿がなってたんで、一つ失敬してきた」というのは、軽い気持ちで盗んできた、という意味である。

いずれにしても、「失敬」は古い言い方で、もう使う人が少なくなっている。

だが、「失礼」にだって古さは感じられる。「まあ、失礼しちゃうわ」というのは、昭和30年代の娘さんの言い方だ。大学の若大将の彼女などに似合う言い方であり、スマホを持っている現代の娘さんに言わせてみるとまるで似つかわしくない。

そして、名古屋以外ではあまり耳にしない「ごぶれいする」も、だんだんと年寄りじみた言い方になってきている。女子高校生が「ごぶれいしました」とはおそらく言わないだろう。

「失敬」や「失礼」にいろんなニュアンスがあるように、「ごぶれいする」にもいろんな意味あいがあって微妙に使い分けられる。

先に風呂に入った時には「お先にごぶれいしました」でいい。先に帰りますは「お先にごぶれいします」となる。先に会食を始めている時、あとから来た人に言うのが「ごぶれいして、よばれとるわ」である。

どうぞうちへ寄っていって下さい、と招かれて、お邪魔する時には「そんならちょっとだけごぶれいするか」である。

そして、もうそろそろ帰ろうか、というのを仲間と相談する時は「まあ、そろそろごぶれいしよまいか」となる。
さてそこで、どうして名古屋には「御無礼する」なんていう漢語っぽい言いまわしが残っているのかだが、これは侍の言葉から広がったものじゃないのか、というのが私の立てた仮説である。侍の言葉なら江戸（東京）から広がるだろう、と思う人がいるかもしれないが、徳川家や豊臣家はもともと愛知県から出ている、というのを忘れてはならない。だから侍言葉の原形は愛知の言葉なのだ。

それが、名古屋では町人にも広がっているのではないだろうか。たとえば名古屋には、「勘考（かんこう）する」という言い方がある。よく考える、という意味だが、「みんなで勘考してやってこまい」なんて言うのだ。この漢語っぽさに、私は侍を感じるのだ。

やんちゃな悪ガキのことを名古屋では「おうちゃくい子」と言うが、あれは「横着い」で、これも変に漢語っぽい。

さしさわりなく無事にやっていることを、「あんばようやっとる」と言うのだが、あれは「塩梅よく」がもとの形である。

そんなふうな、侍の言いまわしが広がったものの一つが、「ごぶれいする」ではないのか、というのが私の仮説だ。

名古屋で、親父臭くしゃべりたい時には、この言葉を連発すると効果的である。

「加藤さん。あんたまた遅刻だがや」

「ごぶれい、ごぶれい」

「先にごぶれいして始めとったぞ」

「そんだけど、そろそろごぶれいしよまいかと言っとったところだわ」

「しかし、わしらがごそっと帰ってしまったら、主催者にごぶれいでないきゃ」

「せっかくごぶれいしとるんだで、最後までおろみゃあ」

親父臭くしゃべりたいなんて思う人はいないだろうと思うかもしれないが、いやいや、名古屋の若者は自ら親父臭くなっていきがちなのである。これは既に書いたことだが、一人前の大人は青臭いことを言わない、という価値観が名古屋の若者にはあって、だから若者文化が生まれないのである。

「おそがい」は「恐れ、こわい」

名古屋では、落語の「饅頭(まんじゅう)こわい」という演目が、「饅頭おそがい」という題で演じられている、なんてことを東京の人に言ってみますと、10人のうち3人ぐらいがああそうですかと信じてしまうという、実にどうもこの、あきれた話でございますな。上方落語というものは確かにございますが、地方ごとに方言でやる落語なんてものはあるはずもございませんな。「時そば」という演目を名古屋では「時きしめん」という題でやっていて、オチのところで「きしめん屋さん、今何時（なんどき）でゃあも」と演じているという事実はございません。そういうのは、栃木県民はみんな「ごめんね、ごめんねー」と言っていると思うような、思い込みというものでございます。

落語の口真似はここまでにしよう。とにかく、「饅頭おそがい」という落語はないが、名古屋弁では「こわい」を「おそがい」と言うのは事実だ。

「そんなおそがいことよう言わんわ」

「ちょっと文句言ったら喰ってかかってくるで、おそがい嫁さんだねゃあきゃ」

この「おそがい」は形が崩れて「おそぎゃあ」になることもある。

「おそぎゃあこと言うなて」

それからまた、「すごくおそろしくって」というニュアンスを伝えるのに、「おそがて、おそがて」なんて言うこともある。

「おそがて、おそがて、震えてしまったぎゃあ」

日本を代表する文学作品の中に、この「おそがい」の類似語が出てくるのをご存じだろうか。それは尾崎士郎の『人生劇場』である。尾崎は愛知県吉良町の人だが、彼の代表作『人生劇場』の主人公、青成瓢吉（ひょうきち）も吉良出身者だ。その瓢吉がまだ幼い頃、父の瓢太郎に高い銀杏（いちょう）の木にのぼれと言われる。何日もトライしてようやくのぼれるようになると、瓢太郎は銀杏の木をゆさぶりたてるのだ。そのシーンを引用してみよう。


瓢吉の眼（め）の前では、あらゆるものがうごきだしたのである。そして、もう何を見ることもできなくなってしまった。

「おそげえ（怖いという意味）、おそげえ！」

瓢吉は夢中になって叫んでいるばかりだ。

（幹がゆれるごとに全身の力がぬけて今にもふるいおとされるような気持で――）

「おそげえことはないぞ、――おりて来い！」

瓢太郎は汗びっしょりになっていた。そして、泣きながら、やっとおりてきた伜をみると、すぐに、

「鉄砲を買ってやる、来い！」
そう言って先に立ってあるきだした。

癌で余命いくばくもないと知っている父親が、まだ幼い我が子に逞しく育ってほしくて、スパルタ教育をしているという感動的なシーンだ。なお、言うまでもなく、鉄砲はおもちゃの鉄砲のことである（これが本物の鉄砲なら、それこそ、おそがすぎる話だ）。

この「おそげえ」は「おそがい」の三河地方バージョンである。文学作品の中に名古屋弁が出てくることは非常に珍しいので、貴重な実例だと言えよう。私の小説か、堀田あけみさんの小説の中でしか、名古屋弁にはお目にかかれないのだ。大沢在昌さんなんか、名古屋出身なのに『新宿鮫』を書いているもんなあ。

さて、この「おそがい」を大きな国語辞典で引いてみると、「恐ろしい」「こわい」の方言だと説明してある。そして、飛騨及び尾州近国又は上総にて、使われていると書いてある。そういうところが方言の不思議さですね。飛騨と尾張ならば比較的近くである。ほかに、岐阜県、三重県、滋賀県などでも「おそがい」と言うと知っても意外ではない。しかし、上総というのは房総半島のあたりで、千葉県である。どうして東京を通り越した千葉県で「おそがい」が使われているのであろうか。謎である。

辞書を引いてわかったことをもう一つ書くと、「おそがい」は「恐れ、こわい」の略語なのだそうだ。「おそれこわい」「おそこわい」「おそがい」に変化したというわけだ。

それはそうと、子供の頃、夏に親戚の家などに泊まると、必ずそこのお兄さんなどがおそがい話をしてくれたものだ。墓地へ肝だめしに行ってみたところ、何か白いものがスーッと動いて……。なんていう話である。お兄さんは、「どうだおそぎゃあだろう」なんて言う。子供としては「ちょっともおそがないが」などと強がりを言うわけだ。

ところが、いよいよ墓石に手をかけたあたりで、お兄さんは突然大声で、

「グワバッ！」

などと叫ぶので、子供としては、

「ギャッ」と悲鳴をあげたものだ。

ところが近頃の幼い子は「おそがい話なんかしていらんも」と言って一人で電子ゲームをしているのである。そして、「もう敵を15人も殺した」なんて言って喜んでいるではないか。

おそぎゃあ世の中になってまったと、思わずにはいられない。

否定の情感こもる「すか」

一度でいいから、ベタな名古屋弁をしゃべる人に、きいてみたい質問がある。きっとその人が複雑な心境になり、むぐぐ、と口ごもるだろうから、その顔を見て楽しみたいのだ。

その質問とはこうである。「アメリカに、アラスカっていう州はあったっけ？」

名古屋の人ならこの質問に対して、「アラスカなんかあらすか」というシャレを言いたくなるに決まっているのである。ところが、アメリカにはアラスカ州はあるから、そうは答えられない。「アラスカ州はあるよ」と答えるしかなく、ギャグが言えないもどかしさで、むぐぐ、となるのだ。

というわけで、名古屋弁の「あらすか」は、「ありっこないよ」という否定の言葉である。

「わしに財産なんかあらすか。その日暮らしをしとるだけだがや」

なんてふうに使う。この「あら」は、「あるってことは」の意味。「すか」は強調した否定語である。多分そうだ。

だから「あらすか」は、「ありっこない」「あるわけがない」という意味になる。

そしてこの「すか」は、他の動詞にもついて、強く否定する言い方になる。「おる」の否定が「おらすか」である。

「この中に真犯人なんかおらすか。全員にアリバイがあるがや」

たとえばこんな言い方もある。

「とんでもねゃあわ。おれなんかモテすか。女の子が見向きもせんわ」

「そんなむつかしい問題、あの子にできすか。白紙回答だわきっと」

「おれがあいつに勝てすか。あいつは柔道五段だで」

「すか」というのはかなり変な言葉である。普通の否定の助動詞の「ない」とくらべると、否定に情感がこもっているのだ。とてもとても、いやはや、そんなわけがない、という気分がこめられている。

「お茶を出さない」

というのと、

「お茶なんか出さすか」

というのをくらべてみればいい。後者には、「とんでもないよ、あのケチが」という気分がこめられていて、きいた人にもそれが伝わるのだ。東京方言で言うなら「なわきゃねえ」にあたるのが「すか」なのである。

だからこういう言い方も出てくる。

「横入り（よこはい）なんかしたらいかすか。みんな並んで順番待っとるのに」

この場合は、「いいわけがない」「とんでもなくよくない」の意味になっている。

ちなみに、この「横入り」という言葉の意味がわからない名古屋人はいないと思うが、「列への割込み」のことだ。そしてそれは、名古屋弁であり、ずーっと東京では通じない言い方であった。「横入りはいかんよねえ」と言っても、どういう意味ですか、ときかれた。

ところが、現在は必ずしもそうではないのだ。

言語学上に「東京新方言」というものがある。これは、もともとは方言なのだが、学生の多い街東京で学生が地元の方言を使い、それをきいた他の地方の人や東京の人が、面白い言い方じゃん、と使うようになって広まったもののことである。

「なにげに」はもともと千葉県の方言。

「じゃん」はもともと静岡県の方言。

「うざったい」は多摩地方の方言。

それが今では東京で若者に普通に使われる言葉になっている。そういうものが東京新方言だ。

名古屋弁から、東京に入ってきた新方言が「横入り」なのである。だから今では若い人なら二人に一人はその言葉を知っている。

だが、否定の「すか」はそういう拡大をせず、名古屋の人にしか意味がわからない。

石原裕次郎がデビューした頃、名古屋の人はこんなことを言っていた。

「イカスという流行語作っていかすきゃ。不良っぽいがや」

というのは冗談だが、「すか」は崩れて、「すきゃ」になることがあるのは本当だ。「あらすきゃ」「おらすきゃ」「いかすきゃ」などのように。

この中の「いかすきゃ」は、「よくないねえ」「とんでもないことだよね」の意味で、感動詞のようにも使われる。

「いかすきゃあ、おみゃあさん。還暦すぎた人間を雇ってくれるようなとこあれせんぎゃあ」

「いかすきゃ。手本を見せないかん先生がセクハラしとるありさまだで」

これらの言い方には、あきれた事態で、世も末だよね、の気分がこめられていて、それがちゃんと伝わるのだ。まことに言葉とは微妙なことまで伝えられるものである。

というわけで「あらすか」から「いかすか」までを明解に説明したこの文を読んで、すべての人によくわかっただろう、と思っているとこう言われる。

「そんな話この子にはわからすか。まんだ幼稚園児だで」

第五章

名古屋の味は面白さ重視

独創的なメニューで知られる「喫茶マウンテン」の甘口抹茶小倉スパ

基本の味は豆味噌にあり

名古屋圏の食べ物のことを考えてみよう。名古屋の味はちょっと独特で注目に値するのだ。

愛知、岐阜、三重の三県は味噌を豆だけで作る豆味噌文化圏であり、そのことが独自の食文化を生んでいる。

そう言われて、おかしな話だな、と思う人は鋭い。味噌って大豆で作るものであり、日本中の味噌は豆味噌だろう、と思うところなのだ。だから最初の話は、正しく言うとこうである。日本の各地で味噌が作られていて、その主原料は大豆であるが、多くの地方で大豆のほかに、麦や米を混ぜて作っている。それに対して東海三県では、大豆だけで味噌を作るのだ。そのことをもって豆味噌文化圏と言うのだが、これは正しく言えば、豆だけ味噌文化圏であろう。

そういうわけで、名古屋の味噌はちょっと独自である。よく使われるのはレンガ色の赤味噌だが、塩味が薄くて少しもったりしている。味噌汁の具にありったけの野菜や、時には烏賊ゲソのような生物まで入っていて、ほとんど煮物のような感じであることが多い。

私は、父親が長野県出身者であったせいで信州味噌にもなじんでいて、名古屋の味噌汁も飲めなくはないが、あまり得意ではない。

おでんは赤味噌が主である

愛知県の味噌にはそれとは別に岡崎八丁味噌というものがある。これは豆カスをすべて濾し取った濾しあんのような味噌で、色は赤黒い。味に深味があるがそんなに塩辛くはなくて、田楽のタレなどにするとうまいものである。
さてそこで、名古屋の人は味噌味が大好きである、という話をしよう。そのわかりやすい例がおでんである。今はだいぶん変わってしまったのだが、私の若い頃には、名古屋でおでんと言えば味噌おでんであった。
コンニャクやちくわやはんぺい（共通語で言うと薩摩揚げ）などを串に刺して、薄いだし汁の中であたためて、それを薄くのばした味噌ダレの中に突っこんで味噌をつける。つきすぎた味噌は壺のふちにペンペンとたたいて落とすという食べ物がおでんだった。駄菓子屋などでも食べられたもので、子供の頃、三角のコンニャクは1本5円だった。

ところが、東京でおでんと呼ばれているものを食べたらそれとはまるで別のものだった。それはだし汁の中につけて長時間かけてゆるゆると味をしみ込ませたもので、味噌はつけない。カラシなどをちょっぴりつけて食べる。

私は子供の時からその食べ物を知っていたが、それはおでんではなく、関東煮だと承知していた（関西ではそれを関東炊きと呼んでいるようである）。

おでんという名前は、お田楽が原形なのだから、名古屋風のもののほうが本当の姿なんだと思う。

ところが、コンビニエンスストアというものが日本中にできて、東京風のものをおでんと称して売るようになった（味つけは地方ごとに少し変えているそうだが）。だからもう名古屋の人も、東京風のものをおでんだと思っているのだろうなあ、と私は少し残念に思っていた。

ところが、最近知ったのだが、名古屋のコンビニでおでんを買うと、小袋の味噌ダレをつけてくれるのだそうである。それを知って、おお、やっぱり名古屋人はおでんに味噌をつけるのだ、と嬉しくなった。

名古屋人が味噌味を好む証拠の品として、みそかつというものもある。亡くなった作家の向田邦子さんがエッセイの中で、岐阜羽島駅の近くの店でみそかつというものに出会い、おいしくて感動した、ということを書いたのはもう40年ほど昔だが、その頃から少しずつ知られるようになってきた。そして今では矢場とんが東京に出店していて、東京でもあのみそかつが食べられる。あれはまことに名古屋の味である。

更には、どて、というものもある。どて鍋とか、どて煮と呼ぶべきだろうが、名古屋の人はどて、と呼んでいる。モツなどを味噌で煮込んだものだ。サラリーマンが居酒屋で一杯やる時のつまみとしてよく似合うものである。私はモツ類が苦手なので食べないのだが、海水浴場の海の家にまで、どて、というメニューがあり、まさしく名古屋の味だなあ、と思っている。

そのように、名古屋の人の味の基本には味噌がある。

そしてその真打ちが、味噌煮込みうどんだ。名古屋以外の人が初めて食べると、うどんの太さと硬さにギョッとするという、あの味噌味のうどんは、中毒になるほどうまいものだ。

名古屋出身で今は他の地方にいる人が、名古屋に帰ると無性に食べたくなるのがあのうどんだ。まだ半煮えのようなあの太いうどんを、一本ずつつまんで、丼のふたにのせて少しさまし、それから食すというやり方を多くの人がしている。濃厚な味噌のスープが、熱つ熱つなのも具合がいい、名古屋の味噌味ここに極まれり、という気がする。

手前味噌という言葉は自家製の味噌の味を自慢するところから出ているが、今では、自分の故郷の味噌の味を自慢する意味に変えてもいいかもしれない。

〝名古屋めし〟は遊んだB級グルメ

いわゆる〝名古屋めし〟が話題になっているのですが、清水さんはそれについてどう思いますか。

という質問をよくされるのだが、どう答えたらいいのかいつも苦労する。そもそも、〝名古屋めし〟と言われるものの多くが、比較的新しいもので、私が名古屋に住んでいた（１９７０年まで）頃にはなかったものだったりして、食べたこともなかったりするのだ。それについて意見を求められても困ってしまう。

大きくまとめて答えるならば、「変な工夫をすると話題になる土地柄なんです」ということになろうか。名古屋めしと言われるものって、珍奇なものが多い気がする。

たとえば、天むすというものも、天ぷらとおむすびを組み合わせたという、ちょっとした工夫料理である。ただそれだけで、珍しいな、おいしいなと評判になっていくのだ。

天むすについて調べていくとかなり複雑ないきさつが明らかになってくる。そもそもあれの元祖は、三重県津市大門の千寿（せんじゅ）という天ぷら屋の賄い（まかない）料理だったのだ。

そして次に、名古屋の大須にあった藤森時計店が出てくる。そこが、経営難のためにつぶれたのだ。そして、今後はどうしたらいいのかを考えているうち、時計店の店主の妻が、三重県へ海水浴に行った時食べた千寿の天むすがおいしかったことを思い出した。そこで彼女は千寿へ行き、天むすの作り方を教えてくれと頼み、その熱心さに千寿は、作り方を教えてくれた。

そんなわけで１９８０（昭和55）年に、大須の天むす千寿（店名ももらっているのだから、のれん分けのようなものなのだろう）が生まれたのだ。この天むすは好評で、

1988（昭和63）年に地雷也という店もできた。そんなふうに広がっていったのである。

〝名古屋めし〟と言われるものの多くがB級グルメである。たとえば手羽先空揚げというものも、お手軽な料理だ。こんな話もきこえてくるぐらいだ。

「手羽先の空揚げなんてものは、いかにもケチな名古屋人の考えそうなものだ。だって手羽先は普通、スープのだしをとる以外に使い道がなくて捨てる人が多い。それを商品にしてしまうところが名古屋人だよね」

あれは今から45年くらい前に、風来坊という居酒屋の主人が、仕入れ先で手羽先の山を見て、これは使えるんじゃないかとひらめいたものなのだ。コショウがよくきいていてビールによく合う味で評判になった。そこでほかの店でも出すようになり（「世界の山ちゃん」や「つばさや」が有名）名古屋名物の一つになったのだ。

要するに工夫したB級グルメなのだ。

ヨコイのあんかけスパゲッティも、太いスパゲッティにとろみをつけたミートソースのかかった、コショウのよくきいたB級グルメだ。どちらかというと、中年男の好きなメニューだと言えるだろう。

それから、ひつまぶし、というものも名古屋めしだろうが、あれは、一つの料理で3つの食べ方ができる、ということが売りの、やはり工夫した料理である。

あれの有名店は二店あり、一つは熱田区の「あつた蓬莱軒」であり、一つは中区の「いば昇」である。「ひつまぶし」は、あつた蓬莱軒の登録商標であるからそっちが本物、ということになるかもしれないが、いば昇ファンも多いのだ。

おひつの中にご飯があり、その上にウナギのかば焼きを細かくきざんだものがのっている（まぶしてある）。

そこで茶碗にそれをよそって食べるのだが、1杯目はそのままご飯とかば焼きをまぶして食べる。そして2杯目はその上に、ワサビ、ネギ、のりなどの薬味をのせて食べる。そして3杯目は、2杯目のようにしたものを茶漬けにして食べるのである。一つの料理なのに三つの味が楽しめる、というところがウケているのだが、その遊んだ感じがいかにも名古屋人好みである。

味仙の台湾ラーメンは唐辛子で辛くしたラーメンで、これも少し珍しい話題性があってウケているものだ。

どうも名古屋人は、食べるもので遊んでしまうのである。珍しいじゃないか、面白いじゃないか、というものがヒットするのだ。

そしてそういうものは、B級グルメの珍品なのである。

名古屋の人は、食においても遊んでいるのかもしれませんね、というのが最初の問いに対する答えなのかもしれない。

つまり、基本的にちょっと豊かで、外食文化を大いに楽しもうとしているところがあって、それでB級グルメで遊んでしまうのだ。〝名古屋めし〟の正体はそういうもののような気がする。

喫茶店は応接間代わりである

名古屋は喫茶店の多いところだと思う。しかし、そう書くとちゃんと調べる人が出てきて、愛知県の喫茶店数は全国1位じゃありませんよ、とか、人口当たりの喫茶店数も1位じゃありません、などと言うのだ。私は名古屋について書くことが多いから、何度もそういう体験をしている。

だが、名古屋の喫茶店について語る時は、次のような特徴を忘れてはいけない。名古屋にも繁華街には喫茶店がたくさんあるが、そのほかに、なんでもない住宅街にポッポッと喫茶店があるのが面白いのだ。サラリーマンが一息いれるための喫茶店ではなく、そこいらの住民が憩う喫茶店である。

名古屋で友人の家を訪ねたとする。すると友人は、まあ上がれ、とは言わずに、行きつけの喫茶店へ行こまい、と言うのだ。そして、その店までたった50メートルだったとしても、車に乗せて連れていってくれる。だから喫茶店には必ず3～4台分の駐車スペースがある。住宅街にある喫茶店はその辺りに住む人の応接間代わりなのだ。私も、友人と会えば喫茶店へ行ったものだ。

マンガ週刊誌や普通の週刊誌がズラリと並んだ本棚がある。新聞も何紙かある。おもな話が終わると、そういう週刊誌を双方が読むことが多い。若い男女がデートで喫茶店へ来て、二人が違うマンガ雑誌を読みふけってろくに会話をしない、というのが珍しくないのだ。ヘンなデートである。

コーヒーを注文すると、必ずコーヒーの横に小皿がおかれ、ピーナッツか、柿の種がついてくる。

地下街の喫茶店にはないかもしれないが、住宅街の喫茶店には必ずあるサービスである。あの小皿のピーナッツに東京から来た人は仰天する。

しかし、サービスといえば、名古屋の喫茶店はモーニングサービスが充実していることで有名だ。コーヒーを注文するとトーストがサービスでつく、というぐらいなら東京の喫茶店にだってあるのだが、名古屋だと、ゆで卵がつき、サンドイッチがつき、サラダがついたりするのだ。

一時そういうモーニングサービスが店と店の競争のようになってしまい、こっちはアイスクリームもつく、こっちはバイキングでより取り見取り、なんてことになっていた。そしてついには、モーニングサービス24時間実施中、という、言葉の意味から逸脱したところまで出たのである。

さすがにその後、少しは沈静化したらしいが。

しかし、モーニングサービスとは別に、名古屋の住宅街の喫茶店は食べるもののメニューが豊富である。スパゲッティ、カレーライス、ピラフという定番は当然として、生姜焼き定食、オムライス、カツ丼、お好み焼きと、なんでも出てくる。店によっては日替わりランチがあったりする。

つまり、名古屋の喫茶店は昼食を食べるところなのである。近所の学生や、仕事中の

おかずにはサラダやゆで卵がつくことも多いお得な「モーニング」

ドライバーなどが、昼食をとるのだ。学生時代の私も昼食は喫茶店で、というのが普通だった。

そしてくつろいでいると、店の主人であるおばさんが声をかけてくる。おばさんは客のことをよく知っているのだ。

私の弟は学習塾をしているのだが、喫茶店にいると、おばさんがこんなふうに話しかけてくる。

「先生、今日は塾は休みかね」

私が大学生だった頃、大学の近くの喫茶店でコーヒーを飲んでいたら、店のおばさんが別の学生にこんなことを言っていたのが忘れられない。

「あの彼女はあの子には合わんと思うなあ。もうじき別れるわ、あの二人」

そこまで知っているのかと驚いたなあ。

それから、名古屋の住宅街の喫茶店は、近所の老人、もしくは主婦たちの集合所でもある。老人8人ぐらいの団体がテーブルを寄せあって談笑していたり、主婦8人の情報交換会が開かれていたりするのだ。「まあおれ、いつ死んでもええわ」とか、「ほんだもんでいかんがね」などという声が聞こえてくる。

さて、コーヒーも飲み終えて店を出よう、ということになる。そこで私は、形の上だけでもこう言ってみるのだ。

「私のコーヒー代は私が出すわ」

ところが、あっさりと次のように答えられてしまう。

「ええわ。チケットだで」

コーヒーチケットというものがあるのだ。コーヒー11杯分のチケットが10杯分の値段で買えるというあれである。ああいうチケットは名古屋以外にもあるが、それを店側が預かっていて、レジの後ろの壁にピンで留めてあるのが名古屋式である。

だからレジの後ろの壁には、七夕なのかと思うほどチケットの帯がズラリと下がっている。飲んだ分だけ、チケットをちぎっていくのだ。

なんとも身内感覚で、ずるりと甘えてくつろげるようなところが、名古屋の住宅街にある喫茶店で、私も少し懐かしい。

小倉トーストは名古屋の味

名古屋の味の話をしていて、欠かせないものの一つに小倉トーストがある。名古屋の喫茶店にはほとんどと言っていいほどある軽食メニューだ。

ところが私は、小倉トーストを食べたことがなかった。小倉あんをトーストの上にのせたもの、またはサンドイッチ式に挟んだものだということは承知しているのだが、注文したことがなかったのだ。成人して酒を飲むようになってから、私は甘いものをほとんど食べなくなっているのだ。

しかし、5年前に私は、毎日新聞の中部版に、名古屋の食べ物について書く連載をした。その連載をしていて小倉トーストを避けていては話にならんよな、と私は自分に言いきかせた。そこで、一大決心をして名古屋で小倉トーストを食べてみたのだ。

食べたのは、名古屋駅の地下街エスカにあるコメダ珈琲店である。私がコーヒーと小倉トーストを注文し、妻が、もう一つの人気メニューであるというシロノワールを注文した。出てきた小倉トーストは、小豆のあんがたっぷりと挟んであるサンドイッチタイプのもので、斜めに二つに切ってあった。

おそるおそるそれを口に運び、食べてみた。そして私は、あれっ、と思ったのだった。トーストに小倉あん、とばかり思っていたのに、そのトーストにはたっぷりとバターが塗ってあったのだ。そして、バターとはこんなに塩分が強いのかと驚いた。その塩分と、あんの甘みが、一緒になってちょうどいい塩梅（あんばい）なのだ。塩分のせいで、あんの甘みがほどよく感じられる。

というわけで、私の小倉トースト体験は、そんなにひどい思いをしなくてすんだ。

なお、妻が注文した、これはコメダ珈琲店の名物メニューだというシロノワールは、円形のクロワッサンのようなものの上にソフトクリームがのったもので、そこへシロップをかけて食べる。私も一口試してみたが、シロップなしなら食べられるな、と思った。

しかし、この稿のメインテーマは小倉トーストだ。

一般に、１９５５（昭和30）年ごろから広がって、今ではほとんどの喫茶店にあるメニューになっているというのだが、調べてみたらそのルーツは古かった。

若宮八幡社（中区）の裏に、現在「喫茶アリ」という喫茶店がある。実はその場所には2002（平成14）年まで喫茶店「満つ葉」という店があったのだ。

その店は大正時代には栄の現・三越前にあって、ぜんざいが人気メニューの甘味屋だった。しかし、世の中がハイカラブームになったので、バタートーストも出すようになった。1921（大正10）年頃のことだ。そうしたら旧制八高（現・名古屋大学）の男子学生たちがトーストをぜんざいにくぐらせて食べていた。その姿を見て、店主夫人の西脇キミさんが、あんをトーストに挟む小倉トーストを考案したのだという。

「満つ葉」は後に若宮八幡社の裏に場所を変えて営業していたが、2002年に閉店。あとを受けついで「喫茶アリ」となった店も、この小倉トーストを出し続けているのだ。

そしてそれが次第に広がって、名古屋名物のようになってくる。よく言われるのは、名古屋は古くから菓子作りと茶の湯の文化が盛んで、小豆を使った菓子になじみが深い土地柄なんだという説。それで小倉トーストはあまり他の地方には広がらず、名古屋だけのものになったらしい。

それに加えて、名古屋のコンビニには、小倉あんとマーガリンを挟んだロールパンが売られている。敷島製パンのその商品は「サンドロール　小倉&ネオマーガリン」という名で、これも名古屋名物なのだ。ほぼ同じものをフジパンと山崎製パンでも製造、販売している。

名古屋の人にしてみれば、パンと、バターもしくはマーガリンと、小倉あん、というのは黄金の組み合わせなのだろう。それがなぜ関東や関西には広がらないのか不思議である。コンビニスイーツは近ごろびっくりするほど発達して、新奇なものがいっぱい登場しているのに、なぜパンと小倉あんを合わせるのは名古屋だけなのか。謎である。

ここで一つ、雑知識を。小豆の粒あんを、どうして小倉あん、または略して小倉と言うのか。それは『拾遺和歌集』の次の歌に由来するのだ。

小倉山峰のもみぢ葉心あらば
今ひとたびのみゆき待たなむ

つまり、小倉山といえば、もみじで名高い。もみじといえば、鹿がつきもの。そこで粒あんを鹿（か）の子模様に見立て、今ひとたびのみゆき待つ、を、もう一度食べたいものだ、の意味にかけているのだそうだ。

これまで私は根拠を知らないまま、小倉アイスとか、小倉ぜんざいと言っていたのだが、大きな辞書で調べて初めてそのいわれを知ったのである。

小倉トーストなら、辛党の私でも食べられるなあと、今は思っている。

きしめんと志の田うどん

名古屋の名物ならきしめんでしょう、と言う人がいるかもしれない。確かにきしめんは名古屋の物で、名高い。

私の初期作品に『蕎麦(そば)ときしめん』という短編小説があって、きしめんを名古屋のシンボルのように書いている。だからきしめんについて考えてみよう。

きしめんを食べると、口の中でベロベロする。麺が平べったくて、少し長いので、口の中で踊るのだ。あのベロベロ感がきしめんの醍醐味なのである。麺が平たいので早くゆであがり、たいていはちょっと柔らかめなのも、優しい食感なのだ。

そしてもう一つのきしめんの命は、上にかけられている花カツオであろう。

きしめんはシンプルなもので、油揚げの甘めに煮たものぐらいしか具はないのだが、その上にネギの小口切りをのせ、そこへ花カツオを一つかみのせるのだ。

客に出されたきしめんは、まだ花カツオがつゆにひたりきっていないので、風に揺れている。そして、下からだんだんつゆにひたっていくので、なまめかしくフルフルとゆらいでいるのだ。あの、ダンシング花カツオがきしめんをうまそうに見せているのは確かだ。

近頃は、少しコシがあってツルリとした麺のきしめんも出てきているが、正しいのはぶにゃりとした柔らかい麺のものだと思う。あの柔らかさが、胃に優しいのだ。

つゆのほうも、最近はカツオダシのきいた、きりりとしたさっぱり系つゆの店がある。しかし、本来のきしめんのつゆは、カツオ節のほかに、ソウダ節や、サバ節、ムロ節などを合わせて使って、まろやかさと、キレの悪さを感じさせるものだったはずである。名古屋駅のホームなどでそういうつゆのきしめんを食べると、ああ懐かしいなあと思う。

きしめんのルーツは、現在の愛知県刈谷市（旧・三河国芋川(いもかわ)）で作られていた芋川うどんだ、という説がある。江戸時代初期からあるもので、江戸で平たい麺を「ひもかわうどん」と言うのは、芋川うどんが転じたのだそうだ。

それを、なぜきしめんと呼ぶかの語源説もいろいろある。原形は麺ではなく碁石型のものだったので、碁子麺と言ったのが転じたのだとか、紀州の者が作った紀州麺がなまったとか、キジの肉を麺の具にして藩主に献上したので、キジ麺だったのだ、などの説だ。

食事というより、小腹の減った時に食べる間食として、きしめんは優しい。

さてそこで、きしめんと並ぶ名古屋のうどんのもう一つの絶品として、志の田うどんのことを語ろう。

志の田うどんはうまい。あの品のよさと、おつゆのうまさはとび抜けている。

知らない人もいるかもしれないので、一応説明しておこう。志の田うどんは古くから名古屋のうどん屋にあるメニューだが、つゆの色が白い。おそらく白しょうゆを使っているのだと思う。普通の、キツネうどんだとか、きしめんが茶色っぽいつゆなのに対して、だしのよくきいた白しょうゆのつゆで、さっぱりしている。

ただし、つゆが違うので、うどん屋で、「うちは志の田はやっていません」と言われることがある。最近はそのケースがやや増えているかもしれない。

その志の田うどんの実態は、油揚げとネギを煮込んだスープにひたった、名古屋風なコシのないうどんだ。

とりあえずは、油揚げうどんと言ってもいいものだ。ただし、関西のキツネうどんと混同されないように言っておくと、あの甘辛く煮た油揚げののったうどんではない。油揚げは味をつけずに、つゆの中で煮えているだけなのだ。白いつゆだが、意外にだしと塩分がきいていて、それだけでうまいのだ。

なぜそれを志の田うどんと呼ぶかについての、うんちくを傾けます。

信太（しのだ）のキツネ、という言葉があるのだ。信太は、大阪府和泉市の信太山辺り。平安時代に、そこに住んでいた白キツネが葛（くず）の葉という美女に化けて、京の陰陽師（おんみょうじ）安倍保名（やすな）とちぎり、有名な晴明（せいめい）をもうけたが、正体を知られて古巣へ帰ったという話があるのだ。この話は浄瑠璃や歌舞伎などに取り上げられよく知られている。

だから、信太、と言えばキツネが連想される。そして、キツネと言えば、油揚げを連想するというのが日本の文化である。

要するに、信太＝キツネ＝油揚げなのだ。

だから油揚げうどんを志の田うどんという。

だがしかし、実は志の田うどんで油揚げよりもうまいのは、ネギなのである。

さて、ここから名古屋のネギ、の話をしたいのだが、ひょっとするとこの話は現在の名古屋人には通じないかもしれない。野菜の品種って、時代ごとにどんどん変化してくるし、だんだん全国統一的になってきて、地方性が薄れてきているからだ。

だが、私が若い頃には、名古屋のネギはうまかった。青い部分の多い、いわゆる葉ネギというものだった。

その青いところが軟らかくてうまい名古屋のネギは絶品だったなあ。

ただし、あの葉ネギは日持ちしないという欠点があって、今では名古屋のスーパーでも東京風のネギを売っていたりする。残念である。

というわけで、名古屋のネギを大量に使い、そこに油揚げの入っている志の田うどんはうまかった。

白いつゆが、だしがよくきき、決して薄くはなく、ちょうどいい塩分があり、こんな品のいいうどんつゆはないな、という気がした。

忘れられない名古屋の味である。

ところてんとかき氷

東京の私の家に、名古屋の母を呼んでいろいろもてなしたことがある。その時、出かけたついでに近所のスーパーに寄って買い物をした。母は、東京のスーパーは野菜なども珍しいものがあるのね、とか言いながらキョロキョロしていた。

そして、母はふと足を止めて、これおいしそうだねえ、と言ったのである。指さしているのはところてんだった。

そこで私は思わずこう言った。

「あっ、だめなの。それはお母さんが思っているものと違うの」

実は私は、上京してすぐの頃、ところてんにショックを受けたことがあったのだ。東京でそれを買って食べてみたところ、想像していた味とまるで違っていたのだ。

「おいしそうなのに」

と母は首をかしげている。そこで私はよく考えて、発言を変更した。

「わかりました、それを買いましょう。私がなんとかしますから」

そして家に帰り、ところてんを食べる段になって、私は妻にこう言った。

「これから私がすることを見て驚かないように」

ところてんを容器に移し、ついていた小袋のタレをコップの中に入れた。そしてその中に砂糖をスプーンに一杯入れたのである。

見ていた妻が、あっ、と驚きの声を出した。なんてことをするんだ、という顔をする。

私は、甘くしたタレをところてんにかけ、母にさし出した。母はそれを、おいしいと言って食べた。

上京した頃、私が東京のところてんにショックを受けたのは、タレが甘くなかったからなのだ。

つまりこういうことだ。東京ではところてんを、酢としょうゆの二杯酢で食べる。そして、からしを入れたりして、ちょっとからく食べるのだ。

ところが名古屋のところてんは、酢としょうゆと砂糖の三杯酢で食べるのであり、甘いのである。三杯酢ではなく黒蜜をかけることもある。

だから母が東京でところてんを食べるとなると、私は砂糖をタレに加えるのである。からいところてんには母がびっくりするだろうと思って。

実は、ところてんは地方によって食べ方がかなり違っているのだ。代表的なところを並べてみると、
関東以北は、二杯酢（酢じょうゆ）で食べる。からしをそえることが多い。

東海地方は三杯酢（二杯酢＋砂糖）で甘酢っぱく食べる。

関西地方は黒蜜をかけて甘く食べる。

そのほか、四国はダシ汁だとか、酢味噌で食べるところだとか、いろいろあるそうだ。

私はところてんを甘酢っぱいものだと思っていたので、からいところてんにはしばらくなじめなかった。でも、東京で45年も生活してきて、今は東京風に食べるのにすっかり慣れてしまったのだが。

ではもう一つ、東京と名古屋で食べ方が違っているものの話を。

作家の半村良さんと知り合って間もない頃、いっしょにかき氷を食べようよ、ということがあった。40年くらい前のことだ。海の家のようなところで、かき氷を注文した。

その時、半村さんがこう言った。

「スイでいいよな」

私には、何を言われたのか意味がさっぱりわからなかった。スイとは何なのか。スイカの略か。

ところが、スイを注文された店のおやじは、なんの戸惑いもなく、透明のシロップを器の底に入れた。そしてその上に、ガリガリと氷をかいて盛っていくのだ。

あの透明のシロップは砂糖水を煮つめたものに違いない、と私は思った。赤い氷イチゴや、白いミルクではなく、最もシンプルな砂糖水をかける氷だ。

しかし、それはせんじという名前である。砂糖水を煎じつめたものだから、せんじなのだ。私はシンプルなせんじが好きだった。

そのせんじを、なぜスイなんて呼ぶのだと、キョトンとしてしまった。後に詳しく知ったところ、東京ではあの煮つめた砂糖水の氷をこおりすい、と呼んでいて、その省略形がスイなのだった。

おまけに、作り方も納得できない。最初に器の底に甘いシロップを入れ、その上に、名古屋のものよりは少し粗めのかき氷を盛るだけなのだ。盛ったあと、もう一度上からシロップをかけるということをしない。それでは食べ始めのうちはなんの味もしないではないか。なのに、半村さんはこんなことを言った。

「この氷に、上からシロップをかけるところがあるだろ。あれだと、こうすることができないんだよな」

言ったかと思うと、かき氷を上から手のひらでぎゅっぎゅっと押した。そして、「これならこぼさないで食べられる」と言うと、スプーンでかき氷の山を突き崩し、底のシロップと混ぜながら食べた。いかにも、江戸っ子はこれでなくちゃ、というような顔をして。

というわけで、透明の砂糖水味のかき氷は名古屋ではせんじである。ところが調べてみると、せんじ、という名が通用する地方はそう多くはない。東京下町以外の関東では、あれを、みぞれ、と呼んでいるようだ。そのほか、甘露と呼んでいる地方もある。とにかく、せんじは全国的な呼び名ではない。

私はせんじが気に入っていたのになあ。東京よりはずっと繊細にふんわりと氷をかいて、上から透明のシロップがかけてあるせんじは、メロン味やイチゴ味より上品でおいしく思えたものだ。

しかし、この話はもう誰にも通じなくなっているかもしれない。フラッペだの、アイスポンチだの白くま（これは鹿児島のもの）なんて呼ぶようになってきているからだ。その上最近は東南アジアから、マンゴージュースを凍らせたかき氷などが入ってきて流行している。かき氷界はめちゃくちゃになってしまったのだ。

せんじはもう死語に近いのかもしれない。

第六章

奇才藩主宗春が名古屋を変えた

派手で風変わりな装いの徳川宗春
（徳川林政史研究所蔵）

風雲児が七代藩主になる

尾張藩の七代藩主宗春（むねはる）についてちょっと考えてみたいと思う。尾張の殿様のことは愛知県人でもあまり知らないのだが、この宗春は名古屋にとって重要な意味を持った人物なのである。名古屋人の気質の一部は宗春という殿様が出たことから生まれている、と言えるぐらいなのだ。

宗春は１６９６（元禄９）年の生まれだ。江戸中期の人である。尾張三代藩主綱誠（つななり）の子であったが、20番目の子だった。一番下の、みそっかすである。

江戸時代には乳幼児がよく死んだので、幕府の正史では第7子、とされている（女の子はこういう時数に入れない）。ちゃんと成人した者だけを数えれば5番目の男児である。普通に考えれば家督を継ぐなど、まずありえない立場だった。一生部屋住みの身、というやつである。

幼名は万五郎。名古屋に生まれ、そこで育ったが、18歳の時に江戸に出る。その時、通春（みちはる）という名前になった。

江戸では、紀尾井町にある尾張藩中屋敷で暮らした。その時、長兄の吉通（よしみち）はもう四代藩主となっており、市ヶ谷の上屋敷に住んでいたのだ。

一方で通春は荻生徂徠（おぎゅうそらい）のおこした蘐園（けんえん）学というものを学んで学識もあったのだが、もう一方では女性にもファッションにも大いに興味のあった遊び人だった。吉原などへもしばしば出入りしたであろう。なのに彼は生涯正室というものを持たなかった。自由を愛し、女性を愛し、華やかなことが何より好き、という快男児なのだ。そういう男の人生が思いがけない展開を見せるのである。

まず、通春が江戸へ出てきたその年の夏、長兄で四代藩主の吉通が原因不明の怪死をするのである。人の不審もこれあり、という突然死であった。このため、五代藩主の座に、吉通の子の、まだわずか3歳で体も弱い五郎太がつく。しかしこの子は、大人の名前に変える暇もなく、わずか2か月で亡くなってしまう。

そこで、通春の次兄、つまり吉通の弟の継友が六代藩主となる。この継友は、八代将軍の座に誰がつくか、という時に、紀州の吉宗に負けて将軍になれなかった人、ということになる。

つまり世の中は八代将軍吉宗の時代になったのだ。

吉宗といえば、徳川幕府中興の祖と言ってもいいくらいの名将軍だということになる。大いに倹約政策をとって、財政を立て直し、新田開発にも力を注いだ。江戸町火消しの制度を作ったり、目安箱を設けて民の声にも耳を傾けた。

ただし吉宗は男女の恋愛が嫌いで、心中を厳しく罰し、芝居の心中物も禁止した。そして鷹狩りが大好きだという体育会系の将軍である。

通春は、その将軍に対して、批判を胸に抱いていた。倹約ばかりで、絹を着るな木綿を着ろ、祭りも婚礼も派手にやるな、ということでは、民の生活に彩りというものがまるでなくなってしまうではないか。

鷹狩りばかりしている大男のやぼ将軍ではないか、という批判を通春は吉宗に対して持った。だが、部屋住みの身なのでそんな批判は相手に届くはずもない。

通春は大いにダンディに遊び、一方で学問もして『温知政要』という政治哲学の書を書きためていった。

１７２９（享保14）年のこと、思いがけないことがおこる。尾張家支藩の一つに陸奥梁川三万石の藩主で大久保家というのがあるのだが、そこの当主が12歳の若さで亡くなったのだ。そのような場合、その家は断絶したことにして領地を返上させることが多かったのだが、この時吉宗は恩情を見せる。養子を取って相続してもよい、と言ったのだ。

そのおかげで、通春は思いがけなくも、梁川三万石の藩主になったのである。これは本人が一番夢のようだと思ったであろう。

この時通春は34歳だった。

梁川藩は現在の地名でいえば、福島県伊達市（旧伊達郡梁川町）で、宮城県と接するあたりである。そんなに遠いのだから、藩主になってもすぐには行けないのだが、藩主など来なくても重臣が政務をこなしていた。

通春はなかなか梁川へは行けなかった。だが、兄継友から大久保屋敷を与えられるなどして、そのことは着々と進んでいった。

通春は梁川での治世の根本思想をまとめるため「温知政要」を書き進めていった。

ところが、１７３０（享保15）年になって、尾張六代藩主継友が、麻疹（ましん）（はしか）で急死してしまうのである。いきなり通春の前に七代藩主への道が現れたのだ。

名古屋が空前の繁栄を見せる

通春の養子縁組と家督相続の願いが幕府に出され、それは許可された。こうして通春は自分でも信じられないことに尾張七代藩主となり、名も徳川宗春となったのである。

その宗春の最大の問題点は、将軍吉宗とはっきり思想が違っていたことである。徳川御三家筆頭の尾張藩の藩主という、将軍家に次ぐ大きな地位についたのだが、その人は反吉宗思想の持ち主だったのだ。

宗春は、吉宗を困った田舎者将軍だと思っていた。倹約令で庶民の生活から彩りを奪い、恋愛禁止で、心中物の芝居まで取り締まり、鷹狩りで武芸を磨くのが武士だと思い込む。それでは生活文化というものが貧しくなり、人々の生活になんの楽しみもなくなるではないか、というのが宗春の思想なのだ。治世者たるもの人々を楽しませ、幸せにすることを目指さなければならないのに、あの将軍はただ締めつけ、我慢をさせるばかりだ、という批判だ。

吉宗が何より大事だとしている倹約についても、宗春は異論を持っていた。それが彼の『温知政要』の中にまとめてあるのだ。意訳して紹介しよう。

「省略とか倹約ということは、家を治める根本なのだから、もっとも努力しなければならないことだ。第一、国の財政が不足しては、何をやるにもうまくいかず、困窮するしかないのだから。そうではあるが、理屈に反して、ただ倹約するだけでは、人を思いやる心が薄くなり、思わず知らずむごく、思いやりのないやり方が出てきてしまい、人々は大いに痛み苦しみ、倹約がかえって理屈に合わない出費になってしまうことがあるのだ。社会の実態を見ずにただ倹約を守れとだけ言いつのるのは不都合もあるのだ」

こんな内容のことを宗春は書いているのだ。そんな思想の持ち主が、倹約将軍の時代に出現してしまったことが、尾張藩を大渦にのみこませるのである。

宗春には、上の者が消費を拡大すればまわりまわって下々が潤うという考えがあったようなのだ。あるところで宗春は次のようなことを言っている。

「江戸入り国入りの際などときどき物好きをし、花美(かび)をするけれども、浪費はしておらぬ。だからこそ、花美がかえって手下の助けとなるのだ」

これは、上の者の浪費が経済を刺激し、金の流通がおこり、庶民の生活に潤いをもたらすのだ、そういう経済論である。百年早い経済論であった。

そういう考えに基づき、宗春は将軍に逆らうなど派手な政治をしていった。まず、尾張藩邸の長屋の門限をなくし、鳴り物を許した。また、尾張藩は戸山（現・新宿区戸山）に下屋敷を持っていたが、名園として名高いそこに、日を決めて町人の自由な出入りを許可した。規制をゆるめて人々を楽しませる、というやり方だ。

国元に帰ってからは、将軍の意向を受けて質素なやり方になっていた祭礼を、昔の派手なやり方に戻した。

次に、それまで禁止されていた武士の芝居見物を許した。そして、芝居の常設館を誘致し、江戸や大坂に負けないこけらぶきの芝居小屋を出現させた。そして遊郭を公認した。相撲興行も許可した。

この殿様は名古屋に対して、パッと遊べ、という号令をかけたのだ。名古屋には全国各地から人が集まってきた。江戸や大坂に負けぬ賑わいだから、自然に人口も増えるのだ。宗春の治世中に、名古屋の人口は40パーセント増えたという。

『夢之跡』という本が伝わっている。これは宗春の時代が終わってから、その時代を懐かしんで書かれたもので、筆者は不明である。

この本が、正式な記録を消されてしまった宗春時代の賑わいを今に伝える。その中に、こんな記述がある。

「芝居、角力（すもう）等、だんだん方々に出てくる。上から下まですべてにぎやかとなり、昼夜の区別なく、酒宴をしたり、遊女をつれ歩いたり」

その次が有名なくだりである。

「老若、男女、貴賤ともに、かかる面白さ世に生まれあう事、ただ前世の利益（りやき）ならん。仏菩薩の再来したまう世の中かと、善悪なしにただありがたし、ありがたし」

宗春によって名古屋は日本中が注目するほどの繁栄を見せたのだ。

『夢之跡』には宗春のど派手なファッションの記録もある。

藩主になって初めて名古屋に入部する時、宗春は次のようなお触れを出した。

「行列に頭を下げるのは、行列が遠くにある時だけ。私が通る時は、顔を上げてしっかりと見ろ」

宮の宿にさしかかる宗春は駕籠（かご）ではなく、馬に乗っていた。真っ黒な馬である。そして馬上にある宗春も、着物も足袋（たび）も黒一色。ただし、頭には萌黄（もえぎ）色の頭巾をかぶり、その上にべっこう造りの唐人笠のような丸い笠をかぶっていた。馬の手綱や鞍（くら）や鐙（あぶみ）には朱と金が塗られている。

そんな格好で国入りするなど、前代未聞であった。名古屋の人は圧倒され、同時にヒーローの出現を感じ取ったのである。

宗春は寺へ参詣に行く時など、奇抜な服装をしては城下を驚かせた。白い牛に乗って行ったこともある。駕籠に乗っていても屋根がなかったり。

ある年、建中寺（現・名古屋市東区）へ行く宗春の服装がまたしても人々を驚かせた。宗春は全身赤ずくめだったのだ。着物も赤、羽織も赤、くくり頭巾は緋縮緬だった。

ところが、建中寺から帰る時には衣装がガラリと変わっていた。今度は羽織、袴はつけず、白無地の絹の着物の着流しである。打って変わったくだけた格好で、おまけに帯は前結び。

その上、とてつもないものを口にくわえていた。長さが二間（約3・6メートル）もある煙管をくわえていて、二間も先の雁首の中に煙草がつめられ紫煙をなびかせていたのだ。煙管の先端を家来がかついで大まじめな顔で先導して歩いた。沿道の人垣からどっと笑いがおこった。こんな面白い殿様は空前絶後だとみんな喜んだのだ。

謹慎処分を受ける

将軍吉宗は宗春が名古屋でやっていることを風評できき、苦々しく思ったであろう。しかし御三家の当主に対していちいち詰問をするのも変なので、とりあえず見逃していた。

しかし、宗春の治世の2年目、1731(享保16)年のこと、吉宗は宗春に詰問の使者を送る。この年宗春は我が子の節句の祝いに町人を屋敷に招き入れ、どんちゃん騒ぎをしており、ここらで一度叱っておこうと考えたのだ。

二人の使者が将軍からの使いとして、尾張藩江戸屋敷を訪ね、宗春にもの申した。二人は将軍の使いとして上座に立ち、宗春は畳に両手をついて詰問状が読みあげられるのをきいた。

物見遊山を慎しむように。子供の節句に浮かれすぎてハメを外してはならぬ。公儀が倹約を打ち出しておるのに、それを守らぬのはけしからぬ。

そういう詰問だった。その場では宗春は平伏してこう言った。

「おとがめはいちいちごもっとも。今後は慎み改めまするゆえ、将軍にはよしなにおとりなしを」

しかし、あやまったのは形式上だけである。上使の役目は終わったとして、使者の二人は別室に通された。そこでは、二人と宗春は対等の関係で向きあった。

お役目ご苦労様でございました、というようなやりとりのあと、宗春はこう切り出した。

「これから申しあげるのは雑談でござるが……」

その雑談が、将軍への反論だった。

私は時々パッと楽しむことがあるが、民を苦しめる遊山はしておらぬ。

我が子の節句を祝うなとは奇妙である。親ならばどの大名も我が子の成長を願って祝っているではないか。

その二つは、小さなことだった。将軍が本当に言いたいのは、倹約を守れ、ということである。だが、宗春はそれにも真正面から反論する。

「私は倹約を大いに行っておるつもりなのだが。それはさておき、倹約とはそもそもどういうことなのか、わかっておられるかな」

そう言って宗春は、倹約将軍に倹約の意味を問うのだ。

「聖人賢者の好む倹約とは、上に立つ者が下の者をむさぼらず、身を慎しむことであり、むしろ下を守るために上の者がするのが倹約である。今、天下の大名は表向きばかり倹約を口にしているが、もし本当に倹約をしているならば、その大名の蔵には金銀米銭が大いにたまっているはずである。なのに実情は、借金が重なるばかりで、町人をしいたげている。それが口先だけの倹約家の姿である」

この大名は、幕府、と言い替えてもいいのだ。

「当藩では、先代の借金はすべて返し終わっており、新たに借りることもない。百姓にはなるべく税を低くおさえ、藩札も発行していない。民と共に世を楽しんでいるのであり、これが本当の倹約をしている姿である」

将軍の使者にそう言いきったのである。宗春は将軍に真っ向から大反論をしたのである。大胆不敵なことをしたものである。

ところで、宗春の経済活性化政策はうまくいったのだろうか。派手に金を使ったほうがめぐりめぐって景気がよくなる、という政策で名古屋はよくなったのか。

一時的にはよくなった。京都が青ざめるほど名古屋は繁栄して、人口も増えたのだから。

しかし、その繁栄は長くは続かない。農業が経済の基盤だった時代に、流通ばかり活気づかせても、それは虚の繁栄なのだ。具体的にどうなるかというと、領民が大きな借金をかかえこんでにっちもさっちもいかなくなる。

もちろん、宗春もそのことはよく承知していた。ただ派手に遊べ、と言うだけで経済が好転するとは思っていなかったのだ。一方で活性化政策を取りながら、もう一方では産業振興策も積極的に行った。宗春のころから、尾張の商品が販路を拡大し、藩の経済力を強めていったのだ。

ところが、宗春のこういう努力はあまり知られていない。遊びを奨励したような面ばかりが伝わるのだ。目立つのはそっちだからやむを得ないのだが。

とにかく、宗春は一方で産業を興そうともした。だが、その成果が出るより前に、名古屋の人は浮かれすぎてしまったのだ。庶民というものは、上から遊べと言われたら歯止めを知らない、ということだ。

名古屋経済は借金まみれになってしまった。宗春の誤算だったと言うべきであろう。

1738(元文3)年のこと、参勤交代で江戸にいた宗春に思ってもみない報告が届いた。名古屋で、家老らの重役が家臣を集めて、新方針を発表したというのである。その内容は、「これより先は、このところ新規に出た命令には従わず、古来の通りの方針に戻す」というものだった。

「役所によっては、殿の命令を受けているところもあるだろうが、以後は殿の命には従わず、前々のごとく老中へ申したて、年寄どもの決定に従うこと」

留守中に、今後は殿の命令には従うな、という方針が発表されるのだから、どう考えても謀反であった。だが、江戸にいなければならないから手の打ちようがなかった。

この謀反の裏にはおそらく吉宗の意向があったはずだ。幕府側の重臣が、尾張藩の家老に、主君をとるか、主家をとるか、などと圧力をかけたのである。そう言われたら、主君を捨てるしかない。

「やられたな」と宗春はつぶやいたであろう。

そしてこの翌年、幕府から宗春に対する処分が発表された。尾張中納言宗春は不行跡あり不届き千万である、などと罪状が並べられる。そして、謹慎を申しつけるものなり、という処分だった。

御三家の主君が謹慎という処罰をくらうなど、前代未聞のことであった。日本中が驚愕した大事件だったのだ。

宗春は、隠居し、江戸中屋敷に幽閉された。そしてこの年の暮れ、名古屋に入り、謹慎生活に入った。44歳で謹慎処分を受け、それから25年生きて、69歳で亡くなったのである。

宗春が名古屋に残した影響

一代の風雲児宗春は、尾張に大きな影響を残したと言うべきであろう。まず大きいのは、これ以後の尾張藩が、当家は一度将軍家から謀反の疑いをかけられ、罪人を出している藩だという思いから、何事においても控えめで、堂々と主張することがなくなってしまったことだ。宗春のあと二代、宗勝（むねかつ）と宗睦（むねちか）までは尾張家の血を引く主君だったが、それ以後は御三家などから殿様をあてがわれたのだ。それに対して文句が言えなかったのは、当家は疑われているという思いがあるからだろう。

それから、宗春は名古屋人のあり方にも大きな影響を残している。そしてその影響には直接の影響と裏返しの影響の二種類があるのだ。

直接の影響としては、名古屋人の生活文化の豊かさがあげられる。名古屋の人は生活を豊かに楽しむことに積極的である。

たとえば、名古屋は芸所だ、なんて言われている。観劇を楽しみ、それを味わう感度を持っているということだ。そういう賑やかなことが好きなのである。

そして名古屋人は習い事に熱心である。茶の湯などに触れている人が多い。何か芸を身につけ、生活を豊かなものにするのが好きなのだ。

外食文化も根づいている。名古屋のおばあさんは栄などの繁華街へ出ると、おいしいものを食べましょと、一人で料理店に入って食べることができるのだ。

そして、名古屋はお菓子文化も色濃くあるところだ。ういろうなどの和菓子も古くからある。そういう、生活を楽しくすることが名古屋人には日常になっている。

そういった、日々の生活を大いに楽しむというところに、宗春の時代の大いに楽しめ、という賑わいの残り香があるのだと思う。名古屋の大繁栄が、そんなところに生活文化の豊かさとなって残っているのだ。

そして、宗春の裏返しの影響とはこういうことだ。

名古屋の人には、宗春の時代に大借金を抱えた苦しみが骨身にしみついてしまったのだ。あんなことはもう二度とあってはならぬと、心の底から反省した。つまり、宗春が反面教師となっているのだ。

私が宗春の小説を書いていた年（１９９７年）の末、名古屋のテレビ番組にゲスト出演したことがある。その番組は名古屋の財界人を50人ぐらい集めて、忘年会をする、というものだった。初老の紳士たちが忘年会をしているだけ、という変わった番組である。私はそこで、宗春について講演をしたりした。

そして講演後、名古屋の財界人に質問をしたのである。そのころも、不況風が吹いていたので、こういうことをきいた。

「こういう不況の時には、吉宗のように倹約引き締め経済政策でいくのがいいか、それとも、宗春のような、派手に景気をあおる活性化政策のほうがいいのか、挙手で答えてください」

そうしたら、なんと名古屋の企業経営者たちは、全員が吉宗をよしとしたのだ。宗春のやり方もよい、と答えた人は一人もいなかった。「苦しい時に派手な経営をするなんてぜってゃあいかん。そういう時はじっと我慢するだ」

という意見の人ばかりだった。地元名古屋のお殿様なのに、宗春の味方をする気はまったくないようなのだ。

私は、これは逆に宗春の影響なのかもしれないと思った。

名古屋人の経営感覚が非常にまともで、極めて慎重であることはよく知られている。よい物をしっかりと作れば必ず成功する、という製造業重視の考え方をし、浮わついた投資のようなことを嫌うのだ。そして、無借金経営を理想とし、非常に慎重である。そのせいで名古屋経済はうまくいっているのである。

あの慎重さは、宗春が裏返ってお手本になっているのではないだろうか。宗春が反面教師となっているのだ。

そう考えていくと、一方では生活文化を派手に楽しく味わうという宗春時代の影響があり、もう一方で、あんなことは二度とあってはならないという思いから、宗春のやったことの反対が理想となっているわけで、どちらも宗春の遺産のような気がするのである。

宗春は今の名古屋人の一部を作っているとも言えるのかもしれない。

第七章

・・・・・・・・

名古屋の経済は自立している

製造業中心の健全な経済

名古屋の経済力はどれほどなのかを見てみよう。名古屋港の2016年の貿易黒字は約6兆円で、19年連続で日本一を独走中である。製造品出荷額（2014年）の全国シェアは名古屋圏が19・5パーセントで、東京圏の17・1パーセントや大阪圏の12・5パーセントを上回っている。名古屋は「モノづくり立国・日本」を支えているのだ。

愛知県の県内総生産額（2013年）は約35兆円で東京都、大阪府に次ぐ3位。かくも豊かであるのに、なぜ魅力的に見られないのだろうか。

この経済力があるだけに、暮らしにゆとりがあって危機感がなく、PRをしようという意識がないのだろう、という分析をする人もいる。

名古屋は東京でもなく大阪でもなく、第三の地域として存在しており、そのどちらとも競うことなく、ぬくぬくと自立しているのだ。

そして産業は、製造業が中心である。よその地方と交流することなく、とにかくいいものを製造していればうまくいく、という意識を持っているのだ。

ここに、愛知県にある有力な企業を並べてみることにしよう。おのずと経済的底力が感じられる。

〔トヨタ自動車株式会社〕

もはや説明不要であろう。名古屋港の貿易黒字はトヨタ自動車があるからこそである。

〔株式会社デンソー〕

自動車メーカーにエンジン関連、熱機器、電気機器などの部品を供給。2009年以来、自動車部品世界シェア1位。

〔アイシン精機株式会社〕

トヨタをはじめとする自動車メーカーにブレーキシステム、トランスミッションなどの部品を供給。

〔株式会社ジェイテクト〕

おもに自動車の駆動系・軸受・ステアリング・工作機械などを製造。

〔豊田通商株式会社〕

トヨタグループの総合商社。

〔日本特殊陶業株式会社〕

セラミックス製品を製造。医療・住宅関連も手掛ける。

〔大同特殊鋼株式会社〕

自動車・機械関連の構造用鋼・軸受鋼、ステンレス鋼・チタン合金などを製造。

〔日本ガイシ株式会社〕

碍子（がいし）・セラミックス・電子部品およびベリリウム銅製品の製造。

〔株式会社ノリタケカンパニーリミテド〕

世界最大級の高級陶磁器・砥石（といし）メーカー。

〔日本車輌製造株式会社〕

新幹線や一般電車などの大型輸送機器や建設機械を製造。

〔オーエスジー株式会社〕

切削工具・転造工具・測定工具・工作機械など工具類の製造。

〔マスプロ電工株式会社〕

テレビ用受信アンテナ等を製造。

〔株式会社バッファロー〕

スマートフォン・テレビ・パソコン周辺機器メーカー。

〔アイホン株式会社〕

インターホン業界においてトップシェアを誇る電気機器メーカー。

〔ブラザー工業株式会社〕

おもにプリンター・FAX・ミシンなどを製造する電機メーカー。

〔シヤチハタ株式会社〕

スタンプ印の製造。

〔株式会社パロマ〕

ガスコンロ、給湯器などの製造。

〔リンナイ株式会社〕

ガスコンロ、給湯器などの製造。

〔株式会社LIXIL〕

衛生陶器・住宅設備機器・建材の製造メーカー。

〔株式会社メニコン〕
コンタクトレンズの製造。
〔株式会社サンゲツ〕
カーテン、壁紙、床材などインテリア商品を扱う専門商社。
〔株式会社スギ薬局〕
ドラッグストアチェーン。業界第2位。
〔株式会社ゲオホールディングス〕
レンタルCD・DVD・ゲーム販売。
〔株式会社アルペン〕
スポーツ用品販売チェーン。
〔株式会社コメ兵〕
日本最大級のリサイクルショップ。
〔敷島製パン株式会社〕
Pasco（パスコ）のブランド名で日本国内製パン業界第2位。
〔カゴメ株式会社〕

ケチャップやソースなど調味料、飲料、食品の大手総合メーカー。
〔株式会社ミツカンホールディングス〕
食酢、味ぽん、おむすび山をはじめとした酢のメーカー。
〔東海漬物株式会社〕
漬物をおもに製造。「きゅうりのキューちゃん」が有名。
〔株式会社リンクアカデミー〕
パソコン教室「アビバ」などを全国展開している。

このリストにはレストラン、飲食店関係のチェーン店は入れなかったのだが、愛知県にはこんなにも有名企業があるのである。そして、どちらかというと製造業の企業が多い。

これらの企業が名古屋の経済を支えていると言ってもいいだろう。こんなにも基礎的体力が強いのかと驚いてしまうほどだ。

トヨタの経営の慎重さを見習う

名古屋の企業が、製造業を重視していて、とても慎重な経営ぶりである、ということは既に言った。

しかし、そのことを何度でも確認しておきたいのが名古屋経済である。企業にとって、銀行から借金をするというのはごく普通のことで、それによって拡大していくのが当たり前のことである。それなのに、無借金経営が理想だという名古屋の企業のあり方は珍しいことである。そこまで慎重なのかと、驚くほどだ。

名古屋の企業が慎重であることの例として、トヨタの名古屋オフィスビルのことを考えてみよう。

1980年代のバブル景気の頃、日本中がざわざわと浮かれていたものだ。これは全国の地方都市で見られたことだが、あの時に、デザインに凝った珍奇なビルがやたらに建てられたものだ。私が行ったところで言うと、青森の海の近くには三角形の将棋の駒のようなビルがあった。物産館のようなものであった。岡山には、電気釜のような形の物産館があった。とにかくバブル景気の時に、いろんな地方都市でなんだかデザインで遊んだ浮かれたビルが建てられたものである。私はそういうビルのことを、たわむれに、バブルの塔、と呼んでいたくらいだ。

ところが、名古屋にはそういう浮わついたビルは建たなかった。名古屋がバブル景気の時に踊らされず、地価上昇率が最も低かったことは既に言った。トヨタというのは経営が堅実な会社で、バブル期にピクリとも動いていないのだ。

ところがバブルがはじけて不況になる。そしてやがて21世紀を迎えて少しは景気も持ち直すかという1999年に、名古屋の駅ビルがセントラル・タワーズという立派なものに建てかわった。オフィス棟とホテル棟の二つのタワーを持つ見事なビルである。あれで名古屋の景観はぐっと未来的になった。

ところが、トヨタはまだ動かない。トヨタが新しいビル、ミッドランドスクエアを建てたのはなんと2007年のことである。

2005年の、愛知万博、愛・地球博よりも後なのだ。この慎重さは筋金入りだなあと思ってしまう。

そして、建てたビルが247メートルの高層ビルではあるが、デザイン的にはとてもシンプルで、質実剛健という感じである。まったく浮かれていないのだ。名古屋のビルは総じてデザインがシンプルで落ちついている。変わった形なので名所になってしまう、ということがない。

でも、一つだけ例外があるので、それに触れないわけにはいかない。トヨタのミッドランドスクエアから少し南の場所にある、モード学園スパイラルタワーズというビルが、四角い筒を2本ねじり合わせたような奇抜なデザインで、あれだけは目立つ。あれは、モード学園の系列のビルなので、それでデザインに凝っているのだと思う。東京モード学園は東京の西新宿に、繭(まゆ)の形をしたコクーンタワーというとてもデザインの珍しいビルを建てているのだ。それとの関係で名古屋の、モード学園スパイラルタワーズもデザインに凝っているのであろう。そして、ちょっと浮いているのだ。

その例外を別にすれば、名古屋のビルはそんなにデザインに凝ることをしないで、実際的である。ミッドランドスクエアはまさにそういうビルの総元締めのようなものである。

2007年というタイミングで名古屋駅前にビルを建てるトヨタの慎重さ、堅実さこそ、名古屋の経済のお手本なのである。浮わつかず、確実に実利を取る。

そのせいで、名古屋の経済は強いのだ。慎重で、決して調子には乗らず、確かに儲かることだけを目指しているのには、ちょっとあきれるほどである。

名古屋ビジネスはなれあい

名古屋人はツレ・コネクションの中に生きている、という話をした。一度ツレ（仲間）になったならば一生つきあい、助けあい、利をまわしあって生活しているのだと。そういうツレが大勢いるのが、名古屋ではデキる人間なのだ。

ところが、企業と企業の関係もそれによく似ているのだ。仕事上のつながりのある会社と会社が、仲のいい相棒であるかのようにつながり、助けあっている。あれ一つ頼むわ、という言葉だけで用件が通じてしまい、おたくに言われたらやるしかないわ、という感じに仕事を受けるのだ。

ビジネス・ライクという言葉がある。これは、（感情をはさまないで）事務的に対処する、というような意味だが、名古屋のビジネスは実にもうビジネス・ライクではないのだ。

おたくとうちとの間柄だで、なんとかその仕事やらしてまうわ、というような、べたべたの関係なのである。

私はそういう名古屋のビジネスのムードを感じ取って、ゾクッとしたことがある。うわあ、この感じはたまらなく嫌だ、と思ったのだ。

あれは私が社会人となって東京へ出て一年ちょっとたつ夏のことだった。お盆休みの帰省ということで名古屋でのんびりしていたのだ。

そうしたら、8歳年上の兄が、車の助手席に乗っているだけでいいから、一日仕事につきあってくれ、と言ったのだ。小さな会社だけれども、若い社員もいるんだ、というふうに取引き先に見せたかったのかもしれない。

その頃兄は、名古屋で小さな商事会社をやっていた。商事会社と呼ぶのがためらわれるような小さな会社で、たとえば銀行が客に渡す粗品を納めたり、ある会社のゴルフ大会の優勝トロフィーや、1位2位3位……の賞品を納入したりするような会社だ。テレビの視聴率調査の会社へ、調査に協力してくれた人へのお礼の品を納入していたりもした。

そういうミニ商事会社の社員然とした顔で、私は一日兄の仕事につきあった。

私は、一年とちょっとだが東京でサラリーマンをしていたから、ビジネス上の人間関係のあり方ももうわかったと思っていた。礼にかなったビジネス・トークもできるようになったつもりでいた。

ところが、兄のビジネスは私の知っているそれとはまるで違っていたのである。

まず、取引き先の会社の担当者と、親友ででもあるかのように、わざとこてこての名古屋弁でしゃべるのだ。

「××さん、こねゃあだのゴルフ大会の成績はどうだったの」

「いかんがや、優勝狙っとったのにハンデがきつって4位だがや」

「そんでも入賞しとるんだで大したもんだがね」

「4位なんかどうしようもねゃあわさ」

「話は変わるけど、創業20周年の記念品だけど、こねゃあだ見せたあの万年筆でよかったかいなあ」

「ああ、あれはあれでええわ。ちゃんと、創業20周年記念という文字入れてな」

「それはわかっとりますわ。そんで、納品は来週でええよねえ」

「うん、間に合うわ。よろしくやってちょう」

これがビジネス・トークなのか、と私は驚いている。課長のご決裁をいただきたいのですが、とか言わなくていいのか。

そうしたら、話がもっとぐちゃぐちゃになってきたのだ。

「そう言やあ、あのゴルフ大会の4位の賞品にはまいったわ。あんなもん、どうにも実用にならんがや」

「そんなことないでしょう。奥さんによう似合うでしょう」

「あれが似合うような歳でないがや」

「いやいや、あれのせいで夫婦円満になりゃええことですがね」

「とろくせゃあこと言っとってかん。まあそういうこともあれせんわ」

どうやら、4位の賞品は奥さん用のセクシー・ランジェリーのセットだったらしい。

そこまでわかって、私は強くこう思った。

私は名古屋では絶対にサラリーマンをやっていけない。こんな慣れきった、べたべたのビジネス関係なんて私にはできない、と。

つまり私がもう、東京のビジネスになじんでいて、名古屋式ビジネスにうんざりしたのだ。

しかし、そういうのが名古屋のビジネスなのである。企業と企業がべったりともたれあい、お互いよく知った仲じゃないかと日々、助けあっている。

私にそれが合わないことは別にして、これは名古屋の企業のねばり強さに結びついているかもしれない。そんなビジネスのやり方が、案外企業のしたたかさにつながっているのだ。

おそるべし名古屋ビジネス、と思ったことだった。

大々的には東京進出しない

名古屋めしが話題になり、東京でも注目されているのだから、これが名古屋を大きくアピールする突破口になるのではないか、と期待する人々がいる。食べ物で名古屋に注目してもらおう、というわけだ。

過去にも、名古屋めしの東京進出はあった。それは２００５年の愛知万博の頃だ。手羽先の「世界の山ちゃん」や、みそかつの「矢場とん」が東京に進出している。

そして、去年あたりがその第２次ブームだそうで、２０１６年の４月にあんかけスパゲティの「ヨコイ」が六本木に出店、8月に台湾ラーメンの「味仙」が神田に出店している。

しかし、名古屋めしの東京進出はどこかおずおずしていて、控え目なのだ。ドーンとチェーン展開して大ブームになってやろう、というような迫力がない。

例外は小倉トーストも有名な「コメダ珈琲店」で、ここは2003年に関東第1号店を横浜に出店して以来、今や44都道府県に約740店を展開している。こういうやり方こそ全国展開というものだ。喫茶店といえばコメダ、というくらいに勝負をかけている感じがする。

ところがそれ以外の名古屋めしは、腰の引けた進出のしかたしかしない。話題になっているそうだから、とりあえず一店だけ出店してみるか、という感じなのである。そして、3年ぐらいやってパッとしなかったら撤退すりゃいいんだから、なんて思っているみたいなふうなのだ。

名古屋の慎重経営が、ここでは臆病経営になっているのだ。もっとガーンと進出してくればいいのに、という気がする。

と言うか、そもそも、名古屋のものが東京でウケるなんてことはないんじゃないか、と思っているのかもしれない。

名古屋では順調にビジネスできているのだから、それでいいじゃないか。東京へ進出したって、そううまくはいかないんじゃないか、とマイナスにばかり考えるのだ。

名古屋はそこだけで一つの世界として完結しているということを指摘したが、味のビジネスも、名古屋だけでうまくやっていければいいと閉じこもっているのではないだろうか。

トヨタ自動車の例を思い出すまでもなく、ほかの機械製造業などは、名古屋発で全国展開している企業はいっぱいある。ＬＩＸＩＬの便座は日本中のものだし、マスプロ・アンテナも、パロマのガスコンロも、日本中で使われている。

だが、ことが食べ物となると、名古屋以外で受け入れられるかなあ、と弱気なのだ。あんまり無謀な冒険はせず、名古屋だけでやっていければいいじゃないかと考えてしまう。

だから、思い切って東京進出してみても、慎重すぎる程慎重に一店だけ出すのだ。

つまり、心の奥底で東京を信用していないのかもしれない。いくら話題になっていたって、進出して成功することはないんじゃないかと疑っているのだ。

そういう腰の引けた東京進出が、とても名古屋っぽいことだと思う。名古屋の文化は名古屋だけで楽しめばいいのであって、東京へ打って出たってきっとうまくいかない、というような意識があるのだ。

要するに、東京をおそれているのであろう。

名古屋の味の文化は、東京では通用しないんだろうな、きっと、という思いがあって、大々的に攻勢をかけられないのだ。

名古屋めしの、東京へのおずおずとした進出のしかたを見ていると、そういう気がしてならない。

讃岐うどんなどは自信満々にどかどか東京へ進出してくる。博多ラーメンなども、当然のことのように進出してくる。

なのに名古屋めしは、試しにちょっとだけというような進出のしかたをするのだ。東京へ、と考えると身がすくんでしまうのかもしれない。

そういう精神が、日本の中で名古屋を特別なところにしているのだと思う。

第八章

名古屋のタウン考

道が広すぎて街が面にならない

戦後の百メートル道路と平和公園

名古屋のタウンについて考えるとなると、道の広さに注目することになる。名古屋は道路の広い街なのだ。片側4車線とか、5車線というような道も珍しくはない。それどころか、有名な百メートル道路というものもある。道幅が百メートルもあるのである。

札幌にも幅105メートルの大通り公園というものがあるが、あれは広大な北海道だからであろう。それに、あれは公園と下についているように、さっぽろ雪まつりをやるための公園だと考えることができる。

名古屋の百メートル道路は、間に緑地帯があるが、まさに道路なのである。信号が青になっても、老人には渡りきれないことがあるので、真ん中に島が作ってあるようなものだ。

正しくは、南北に走る「久屋大通」(1・76キロ)と、東西に走る「若宮大通」(3・9キロ)が百メートル道路と呼ばれているものだ。

その百メートル道路を含めて、名古屋の広い道は、戦後すぐの都市計画で作られたものだ。あの時名古屋では、広い道路と、平和公園（千種区）という一大墓地公園が計画され造営されたのだ。

平和公園のことを考えると、そんなことがよくできたな、と思う。市内にある寺の墓所を、一か所に集めるというのは、お墓が引っ越しをするということだ。先祖代々の霊が眠っている墓を掘り起こして、命じられたところへ引っ越せ、と言われたら、ものすごい反対運動が起こりそうなものだ。東京でだったら絶対に実現できないだろうと思う。

百メートル道路も同じだ。空襲で家が焼けているところが多かったとは言うものの、個人の所有地を買い取ったり供出させたりして、道を広げるのである。幅が100メートルもあるあきれた道路を造るのだ。よくぞ戦後すぐ、そこまで未来を見すえた都市計画を考え、実現したものだと驚嘆するしかない。

その都市計画をしたのは田淵寿郎（じゅろう）という人物である。1890（明治23）年生まれの広島県出身の人物だ。第五高等学校（現・熊本大学）から東京帝国大学に進み、土木工学を専攻した。卒業後、内務省に入り、内務技監大阪土木出張所工務部長などの役職を点々とした。そして全国の河川改修工事や湊建設の仕事などをした。名古屋土木出張所長として濃尾三川の治水やダム調整などの仕事をした時期もある。

1945（昭和20）年、55歳になった田淵は引退を決意し三重県に住んでいた。だが旧知の仲であった名古屋市長の佐藤正俊に、名古屋の戦災復興の一大事業を懇願され引き受ける。初めは名古屋市技監、ついで名古屋市助役となってすべての建設関係業務を掌握した。

田淵の計画は幅の広い道路を何本も東西南北に通し、市内各所にあった279の墓所をまとめて一か所に集中させるというもので、当時はまだ車の数がそう多くなかったことを考えると画期的なものだった。

彼は名古屋が人口200万人の都市になった時に、まさにふさわしい都市にしようと考えていたのだそうだ。名古屋の人口が200万人を超えるのは1969（昭和44）年なのだから、その先見性には驚く。

その計画に対して、当初はもちろん大変な反対運動があった。墓所の移転には大きな抵抗があった。しかし、市民から「大ぶろしき」と揶揄（やゆ）されながらも、ねばり強く交渉を続け、ついにこれを実現、全市の20パーセントを超える土地を道路・公園用地としたのだ。

平和公園への墓の移転は1947（昭和22）年から1957（昭和32）年にかけて実

施された。その裏には、名古屋の人がどちらかと言えばお役所の命令に従順だということもあるかもしれない。みんなにとってええように変えるんだでしょうがないがや、などと考えがちなのだ。

田淵は１９６６（昭和41）年、歴代名古屋市長を差し置いて名古屋の「名誉市民第一号」に選ばれている。この人がいたからこそ名古屋は21世紀の大都市にふさわしいものになっているのである。

というわけで、名古屋の道は総じて広い。

私は、こんな体験をしたことがある。名古屋である場所へ行きたくて、道がよくわからなくて困ったのだ。そこで通りがかった老人に道を尋ねたのである。その人は、この道をまっすぐ行って、どの角で曲がってなどを教えてくれて、説明をこうしめくくった。

「そんで、米屋の横のかんしょへ入っていって、その突き当たりだわ」

なるほど、かんしょの奥か、と私は思った。名古屋弁はわかる私だから、かんしょの意味は知っていたのだ。

かんしょは、共通語の路地のことで、大通りなどから折れた、人家の間の狭い通路という意味である。多くは家と家との間の隙間の通路で、子供の頃、かくれんぼの時にはよくそこにかくれたものだ。

ところが、教わった通りに行ってみて、そこにあったかんしょを見つけた時は驚いた。そのかんしょは、４メートルぐらいの幅があって、大型トラックでもずいずい入って行けそうな道だったのである。この道をかんしょと呼ぶなら、東京の住宅街の道のほとんどがかんしょということになるぞ、と私は思った。

名古屋、愛知県の道路は広いよねえ、という話である。

そして、長らく、名古屋の広すぎる道路は評判があまりよくなかった。いくらなんでも広すぎて、なんだか景観が寂しくなってしまう、と言われたのだ。自動車王国名古屋では、道はもっぱら自動車の都合を考えて造られている、とも言われた。走れるからスピードを出し、交通事故が多いんだとも。

だが、21世紀になって、若宮大通に高速道路がのっかっている景観を見ると、これこそ今の理想的な道のあり方だ、という気がする。ここまでを見すえた都市計画だったのか、素晴らしい、と思う。

かんしょばっかりの東京より、よほど優れている。

道が広すぎて、街が面にならない

ただし、道が広すぎることの弊害もある。それは、繁華街が賑わいにくい、ということだ。

たとえば、名古屋の繁華街ってどこですかときかれたら、名古屋駅前周辺と、栄かなあという答えになるだろう。ところがそのどちらも、あまり賑わっているように見えないのだ。

道が広すぎるので、タウンが分断されてしまい、一つの面として栄えないと言ってもいいだろう。道のむこう側が、大河の対岸のような感じで、街がつながらないのである。

名古屋駅前も栄も、見ている限り人通りはそう多くはない。だから少し寂しい感じで、繁華街だとは思いにくい。

人はどこにいるのか。

その答えは、地下街である。名古屋では、広い道の地下に大きな地下街を造っていて、そこには人がごった返しているのだ。繁華街が地下に潜っていると言ってもいい。

地下街が実に複雑な迷路のようになっていて、よそから来た人は道に迷うことになるだろう。

地下街が賑わうばかりでは、そのタウンが賑わっていることにはならない気がする。そんなわけで、名古屋にはこれといった繁華街がないのだ。

若者がデートをして、そぞろ歩きするタウンがない、ということだ。そういうタウンに若者が集まる店があったりして、若者文化が生まれてくると思うのだが、どうもそういう気配がない。デートは家の近くの喫茶店でしているのであり、二人でわざわざ出かけるタウンはないということだ。

大須商店街が、少し若者を意識しているタウンだと言ってもいいだろうか。あそこは大須観音の門前町で、道も狭く、地下街もない。そこに近年、若者向けの古着屋がいくつか出店したりしていて、若者を集めようとしているようだ。しかし、もともとの仏壇仏具店が多くあったりもして、完全には若者のタウンになり得ていない。的のしぼりきれていない雑多なタウンである。

ほかには、栄から裏通りに入った、ナディアパークのある矢場町あたりのタウンに、雑貨も扱う本屋のヴィレッジヴァンガードが出店していたり、ほかにもいくつか若者向けの雑貨店があったり、新しい味のラーメン屋があったりして少し若者を意識している感じだが、全面的にヤングのタウンとなるには店の数が少ない。

要するに名古屋には、若者のむらがるヤング・タウンはないのだ。そういう場所を必要としていないのかもしれない。なぜなら、名古屋の若者はどんな時も自動車で移動しているからで、ある街へ出て、そこを闊歩するのが青春というふうではないのだ。

その結果、名古屋にはこれといった繁華街がないのである。

名古屋の文化遺産1

これといった繁華街のない名古屋だが、御三家筆頭で、六十二万国の大大名家であったのだから、文化遺産は沢山ある。文化的に価値あるものを並記してみよう。


〈名古屋城〉

「尾張名古屋は城でもつ」ということが言われたほどで、名古屋城はスケールの大きな名城であった。徳川家康が、1609（慶長14）年に清洲から名古屋への遷府を決定し、加藤清正、福島正則、前田利光ら主に元豊臣家家臣だった諸大名に命じて造らせた我が国の代表的な平城である。外様大名に造らせたのはそれらの財力を殺ぐためでもあったのだろう。

1612年には天守閣や諸櫓が完成し、以来明治維新を迎えるまで尾張徳川家の居城として栄えた。

天守閣の屋根にのったシャチホコは名古屋城のシンボルとして名古屋人に大いに愛されたのだ。

ところが、時代が明治になると名古屋藩は1870(明治3)年、金シャチを宮内省へ献納すると申し出た。鋳つぶして資金としてお遣い下さい、と。

翌年に、雌雄のシャチは船で東京へ運ばれ、宮内省のものになる。名古屋ではこの時、城を解体して資材を売却し、旧藩士の生計資金にあてようと考えていた。

ところがそれに対し、ドイツ公使のマックス・フォン・ブラントが文化財保護の観点から、名古屋城解体と、金シャチを鋳つぶすことに反対し、名古屋藩知事と政府に、中止の勧告をしたのである。この結果、金シャチは潰されずに済んだのであり、ブラントは金シャチの恩人だ、などといわれる。

そして政府は金シャチをイベントの人寄せのために使うのだ。1872（明治5）年に東京の湯島聖堂で日本最初の博覧会が開かれるが、そこへ雌雄の金シャチを出品したのである。金シャチはこの博覧会の目玉展示となり、大人気を博した。

さてそれからは、金シャチは日本各地の博覧会で引っぱりだことなり、日本中を転々とした。いや日本だけではない。1873年には雌のほうだけオーストリアのウィーンの万国博覧会に出品されるのである。その間、雄のほうは日本各地をまわっていた。

雌の金シャチが日本へ帰ってきた頃から、名古屋では金シャチを取り戻そう、という機運が出てきた。そして1878（明治11）年に、名古屋の資産家伊藤次郎左衛門らを総代とする有志が、金シャチの名古屋城返還を嘆願するのだ。すると宮内省はあっさりと返還してくれた。

1879（明治12）年の2月に、雌雄の金シャチは名古屋城天守閣の屋根の上に戻ったのだ。8年ぶりの復帰であった。

だが1893（明治26）年からは、名古屋城も金シャチも宮内省のものになる。名古屋城は宮内省の持つ名古屋離宮というものになった。

一度返してくれたのになぜ、というところだが、これは城の維持管理費が巨額で大変なため、皇室財産に組み入れてもらったということらしい。

そして、その37年後の1930（昭和5）年に、宮内省は名古屋城を手放す。名古屋離宮は廃止され、城は名古屋市へ下賜（かし）されたのだ。この時名古屋城全体が国宝に認定される。

そういう名古屋城だが、1945（昭和20）年に空襲を受けて消失してしまった。1959（昭和34）年に天守閣が再建され、その屋根の上には雌雄の金シャチものっていた。

この再建は私が小学6年生の時だが、見学して、鉄筋コンクリート造の城で、エレベーターまである、ということに少し失望したものだ。

ところが現在、名古屋城の本丸御殿の復元工事が進行中である（完成した部分は公開されている）。そして名古屋市の河村たかし市長は、天守閣も木造のものに再建したいと言っている。もし実現したら、それは見事なものであろう。成りゆきを見守りたい。

〔名古屋テレビ塔〕

中区の久屋大通公園に建つテレビの電波塔。日本のテレビ放送の始まりは1953（昭和28）年だが、名古屋のテレビ塔はその翌年の1954（昭和29）年にできている。これは東京タワーより4年も早い。名古屋テレビ塔の高さは180メートル。

ところで、名古屋テレビ塔も東京タワーも同じ人が設計したものだ。その人こそ「塔博士」とか「電波塔の父」と呼ばれた内藤多仲（たちゅう）だ。

内藤多仲設計の名古屋テレビ塔

内藤多仲は1886（明治19）年に山梨県で生まれた。東京帝国大学の建築学科、同大大学院を出て、アメリカに留学したこともある。そして当時の日本ではまだ未知の領域であった耐震建築の研究をした。彼が耐震構造を設計したビルは、関東大震災でも一つも倒れなかったそうである。

その内藤多仲が、戦後はタワーを次々と設計したのだ。年代順に並べると、名古屋テレビ塔、大阪の通天閣（二代目）、大分の別府タワー、さっぽろテレビ塔、東京タワー、福岡の博多ポートタワーの6つである。現在は東京のスカイツリーが最も高い塔だが、あれ以前のタワーはほとんど内藤多仲が造ったのだ。

名古屋テレビ塔はその中でも早く造られた。完成したのがまだ戦後9年目のことで、航空法で高い構造物は赤白に塗り分けるよう定められる前だったから、今も竣工当時の銀色のままなのだ。

名古屋のテレビ塔は2011年の夏に電波塔としての役目を終え、今は観光スポットとして存続している。

名古屋の文化遺産2

〔建中(けんちゅう)寺と興正(こうしょう)寺〕

現在、名古屋市の東区筒井にある建中寺は、尾張藩主の菩提寺として、二代藩主徳川光友が1651（慶安4）年に創建したものだ。今では公園や学校、東区役所や住宅用地に分割され往事の5分の1ほどの規模になっているが、もともとは約4万8000坪（約16万平方メートル、ナゴヤドームの10倍以上）の広さをほこった。

直接のきっかけとしては、光友が父義直の菩提を弔(とむら)うために建てたのだが、その後、二代光友から十三代慶臧(よしつぐ)まで代々の尾張藩主の廟、御霊屋(みたまや)が建立された。この寺は尾張藩浄土宗西山派の本山である。

私は取材でこの寺へ行ったことがあるが、門に大きな葵の御紋がついているのを見た。

さて、二代光友はもう一つ寺を建てている。1688（元禄元）年に愛知郡川名村（現・名古屋市昭和区）の山中の地を寄進し、そこに八事山興正寺を創建したのである。光友が真言宗の天瑞(てんずい)圓照和尚に帰依(きえ)したからである。

山内は東山と西山に分かれ、東山には大師堂、不動堂、宝蔵などがあり女人禁制。西山には阿弥陀堂、観音堂、女人堂などがあり女性でも参詣できた。

興正寺には愛知県下に唯一残る五重塔があるが、これは1808（文化5）年に、一文講ということをやり、民衆から浄財を集めて建てられたものだ。高さは26メートルある。

七代藩主宗春は興正寺の諦忍和尚と親交があり「八事山」という書を贈っているのだが、その書をもとにして作られた額が興正寺の境内、西山本堂に掲げられている。

私は取材で行ってその額を見たことがあるが、なかなかに力強い文字だった。興正寺は庶民が野遊びをかねて参詣したところだったようだ。

〔大須観音とその他の寺〕

名古屋の寺を語っていて大須観音を忘れることはできない。この寺は名古屋よりずっと歴史が古いのだ。

もともとは1333（元弘3）年に後醍醐天皇の勅願によって尾張国長岡庄大須郷（現・岐阜県羽島市大須）に創建されたのだ。寺領一万石を超え、最盛期には東海六か国の真言宗寺院の本山にまでなった。

しかし、戦乱と木曽川の度重なる洪水によって一時荒廃していた。それを伝えきいた徳川家康が、名古屋開府の時に現在地に移したのである。

江戸時代、大須観音は庶民が集う下町の観音様として栄え、宗春治政の頃には境内で芝居、物真似、相撲などが行われた。一方では宝物の多いことでも知られる。古事記三帖など国宝4点をはじめ、約1万5千点の古文書類は「大須本」の名で世に知れわたっている。

なお、現在は境内に、宗春が白牛にのっているからくり人形がある。

ところで、大須観音の南100メートルほどの七寺(ななつでら)は、大須観音よりもさらに古い歴史を持つ。735(天平7)年に、尾張国海東群萱津(現・あま市)に行基が開いたと伝えられるのだから、平安京よりも古いのだ。戦火や地震によって荒廃していたが、1591(天正19)年に清洲の豪商の手によって清洲城下に再建された。ところが名古屋が開府されることになり、1611(慶長16)年に現在地に移ったのだ。昔は今の10倍くらいの寺領があったそうである。

では次に、大須商店街にある万松寺(ばんしょうじ)について語ろう。あの寺はもともと織田信秀が、現在の中区錦二丁目に織田家の菩提寺として創建したものだ。幼いころの徳川家康が一時、人質として暮らしたこともある。

そして名古屋開府の時、現在の地に移されたのである。そういう寺ではあるが、代々の尾張藩主の信仰もあつく、江戸時代には七堂伽藍（がらん）の大寺だった。

それで、これは現在の場所に移る前の中区錦にあった時のことだが、織田信秀の葬儀が行われたのが万松寺である。年配の人なら映画などで見て知っている話だと思うが、その葬儀に喪主の信長は、刀を縄で腰に巻きつけた姿で現れ、抹香をわしづかみにして位牌（いはい）に投げつけたと言われている。あれは万松寺でおこったことだったのだ。

〔鶴舞（つるま）公園と東山動植物園〕

昭和区の北西端、中央線鶴舞駅南東にあるのが鶴舞公園である。駅の名は鶴舞（つるまい）なのに、公園の名は鶴舞（つるま）公園である理由は不明。もともとは１９０５（明治38）年に精進川（後の新堀川）改修工事の土で湿地を埋め立てた所で、１９０９（明治42）年に公園とされた。そしてその翌年、その公園を会場として第10回関西府県連合共進会という博覧会が開かれた。

主催したのは愛知県だったが、その年が名古屋開府３００年の年だったので、名古屋市も噴水塔や奏楽堂などを建設した。ほとんどの施設が終了後撤去されたが、その二つは現存している。和洋折衷の公園で、6月に菖蒲(しょうぶ)祭が行われる。

1937(昭和12)年に、千種区南東端に東山動植物園が造られた。その年3月3日に植物園が開園し、3月24日に鶴舞公園から動物園が移転してきたのだ。動物園は開園にあたって、ドイツのハーゲンベック動物園にならって柵のない放し飼い方式を導入し、ライオンとシロクマを放し飼いにし、画期的だった。

第2次世界大戦前の最大時には700種を超える動物を飼育し、東洋一の動物園といわれた。しかし、戦争が激しくなると、空襲などの時に猛獣が逃げては危険だからと殺されたり、飼料不足で死んだりした動物が多く、戦争終結の日まで生き延びた動物はわずかにゾウ2頭、チンパンジー1頭、カンムリヅル2羽、カモなど約20羽、ハクチョウ1羽だけであった。

日本の動物園で、ゾウが戦時を生き抜いたのは東山動物園だけであった。戦後の東山動物園の隆盛はみなさんご存じの通りで、コアラも人気者だが、近年はイケメン・ゴリラが人気になり、写真集が発売されたほどである。

市政100周年を記念した東山スカイタワーは新名所である。

〔名港トリトン〕

1998年に伊勢湾岸道路というものが名古屋港をまたぐ形で開通した。そしてこの道に、名古屋港をまたぐ3つの橋がかかった。赤と白と青の3色の橋が3つ並ぶ姿はとても見事だ。3つ並んでいるのは、世界でも他に類がない（と言っても、橋と橋の間はけっこう空いているのだが）。この3つの橋に、まとめて一つの愛称をつけようと、名前を募集したところ、全国から2万通もの応募があった。

ライトアップされた名港トリトン

その愛称決定の審査員の一人を、私はやった。そして、愛称は「名港トリトン」と決まったのである。故・手塚治虫のまんが『海のトリトン』でもおなじみだが、ポセイドンの息子で海の神であるトリトンと、「3つ」という意味のトリがかけてある。もちろん応募作の中には「きしめん橋」「やっとかめ橋」「しゃちほこ橋」なんてのもあったが、そういうまた笑われる名前はよそう、というのが私の意見だった。名港トリトンなら、さりげなくてよい名前ではないだろうか。

第九章

・・・・・・・・

尾張藩の
ざっくりとした歴史

清洲越（ごし）と堀川

２０１０年は名古屋開府４００年の年であった。だから、名古屋というのはできてから４００年とちょっとの街なのである。

１６０９（慶長14）年のこと、徳川家康は尾張藩主である九男の義直（よしなお）の居城を名古屋城とすることを決め、築城の命を出した。城が完成するのは１６１２年なのだが、名古屋の始まりは１６０９年なのである。

それ以前の名古屋が無人の野であったわけではないが、鄙（ひな）びた寒村にすぎなかった。そこが突然、尾張の中心になったのである。

こうして名古屋が出現するのだが、それより前の尾張の中心都市はどこだったかというと、清洲だった。室町時代には守護代が清洲にいて、大いに栄えた街だったのだ。今の清須（現在はこう表記する）は田舎びたところだけれど。

家康が都の移動を考えたのは、清洲が低湿地で水害のおそれがあり、それよりは地勢のいい名古屋台地（城のあるあたりは5～20メートルほど周囲より高い小さな台地）を都にすべし、と思ったからであろう。

　そして忘れてならないのは１６０９年というのはもう江戸幕府は開かれていたが、まだ大坂城に淀君と豊臣秀頼がいた時だということである。大坂の陣より前なのだ。

　つまり、名古屋城は大坂の秀頼や、それに味方するかもしれない西国大名へのおさえとして造られたのである。だからこそ、壮大な平城である必要があったのだ。加藤清正らの諸大名が動員され、屋根の上に金のシャチホコをいただく名城がこうして完成した。

　この時、清洲はどうなったかというと、ほとんど丸ごと名古屋に移転したのだ。藩士とその家族はもとより、寺院、町家、橋までもが名古屋に移り、残ったのは田畑と、美濃路の小さな宿場町だけだった。この大移転のことを、清洲越というのである。この時、次のような歌が作られたそうだ。

　思いがけない名古屋ができて
　　花の清洲は野となろう

清洲城の材は名古屋城のために使われ、名古屋城の西北櫓は清洲城天守閣の古材で造られたため、それは清洲櫓と呼ばれている。

　また、堀川には今五条橋という橋があるが、あれはもともと、清洲を流れる五条川に架かっていた橋だったのだ。その橋を移築して、もともとの名前が残ったのである。

　そのようにして、今から４００年とちょっと前にいきなり壮大な城と都市ができたのだ。生まれてすぐの人口は９万人ぐらいだったという。

　さてそこで、名古屋城の築城と同時にもう一つの大工事が進められた。それが堀川の開削である。

　名古屋という新しい都市を無から造るとなれば、水運のための川がなければ話にならないからである。また、現に名古屋城を造るための建築資材を運ぶためにも川はなくてはならなかったのだ。

　堀川の開削工事をまかせられたのは、広島藩主福島正則である。言うまでもなく、豊臣秀吉の子飼いの武将で、今は徳川に従っているが外様であり、いつ寝返るかもしれない要注意人物だ。秀吉の養子の秀次が殺されたあと、一時期清洲城主になったこともある人物だ。

　そういう要注意人物だからこそ、財政的に大きな負担である難工事をまかせられたのである。お城の工事もしているのに、加えて堀川の開削まで申しつけられた福島正則は内心は大いに不満だっただろう。だがしかし、それは言ってもしょうがないことだった。不満が外にもれればお家が危ういわけで、大いに努力してなしとげるしかなかった。名古屋城から熱田湊まで、約6キロメートル、川幅22〜87メートル、深さ1〜3メートルの運河を完成させた。

この堀川によって、名古屋の商業は大いに栄えたのである。

なのに福島正則は、1619（元和5）年、幕府から広島城修築の許可手続きの不備をとがめられて、信濃国川中島へ追放される。新時代には、もう秀吉の家来だった者は不要だからである。なんだか気の毒なので、堀川を見たら彼のことを思い出してやりたい。

藩祖義直の思想と反乱

1610年に名古屋城の築城が始まり、名古屋という街がほとんど無から生まれた。

この時、家康の九男義直は自動的に名古屋城主になったわけだが、まだ名古屋入りはしなかった。

1615年、大坂夏の陣によって、豊臣秀頼は自刃し、ついに豊臣家は滅びた。家康にしてみれば、これでようやく胸のつかえがとれ、思い残すことはない、というところだっただろう。

その家康が1616年に没する。そうなって初めて、義直は17歳で尾張に入部するのである。尾張の殿様は、この時から名古屋に住むようになったのだ。

さて、尾張藩の藩祖義直とはどういう人だったのだろうか。

非常にまじめで、将軍である兄秀忠への忠誠心の強い人だったという。その上学問への関心が強く、何人もの学者をそばにおいて学び、一代で1万5千冊の蔵書を集めるに至った。それどころか何冊もの書物を著している。

そんななかなかの名君であった義直だが、意外なことに、徳川一門にしては珍しい思想の持ち主だった。その思想とは、勤王思想である。学問をよくして歴史にも通じていた義直は、京都の天皇家こそ日本の中心である、と考えていたのだ。

ただし、その思想を声高に論じたわけではない。一方では、御三家は将軍家を助けお守りするためにある、という考えを持っていて、将軍家への忠誠を誓っているのだ。そして内心では、将軍家ですら天皇の臣下である、という思想を持っていた。

水戸藩の二代藩主光圀(みつくに)（水戸黄門である）は勤王思想を持っていた人で、『大日本史』という天皇家中心の歴史書を編纂(へんさん)させた。水戸藩にはその思想があったから幕末に尊皇攘夷の旗頭の藩になったわけだ。その光圀は伯父である義直を尊敬し、親しく接した人で、「日本の中心は天皇家であるという勤王思想は、義直から教わったものだ」と言い残している。

というわけで尾張藩とは珍しく勤王思想のあった藩なのだ。そのことがこの藩を少し複雑にしていく。

そして、三代将軍家光の時代になって、義直と将軍家の仲は少しギクシャクするのである。

二代将軍秀忠にとっては御三家の主は共に育ってきた弟たちであり、一つも疑う必要のない身内、という感じだった。ところが代が替わって家光の時代になると、御三家は叔父さんたち、ということになる。親戚だから別格ではあるが、御三家といえども将軍の家来であることは忘れるな、という感じに距離を置き始めるのだ。家光というのは、徳川体制を確立した名将軍だが、その裏にはそういう、身内にも甘くない冷たさがあった人物だった。

それが義直にはどうも面白くなかった。義直は将軍家には大いに忠誠心を持っていた人で、疑われたりするのが心外であり、くやしい、と感じる人だったのだ。

そしてついに事件がおこる。１６３４（寛永11）年の夏のこと、将軍家は上洛した。それについて、前もって義直にこういうことを言ったのだ。「京の帰りに、名古屋へ立ち寄り休息したい。よろしく頼む」

これをきいた義直はうれしきこと、と喜び、急きょ歓迎のための御殿を建てることにし、工事を急がせた。名誉なこと、と思ったのだ。

ところが家光は京からの帰り道、いきなり予定を変えて名古屋には立ち寄らない、と言ってきた。やむを得ない事情があったかららしいのだが。

だが、義直にしてみれば家の面目が丸つぶれの、この上ない恥辱だった。そこまで尾張をバカにされては我慢の限界を超す、と思ったのだ。

名古屋に籠城して一戦の上、無念を晴らそう、と決意した。将軍家への謀反である。

その思いを義直は、弟の頼宣（紀伊家当主）に相談した。頼宣は普通に反対しても義直はきくまいと思い、逆にこういうことを言った。

「そこまでの覚悟ならお止めはしません。しかし、籠城して戦うのは全国の大名に攻めつぶされるだけのこと。そうではなく、京の帰りに名古屋の近くを通る将軍に攻めかかり、討ち取ってしまいましょう。私も吉田（豊橋）あたりで将軍に攻めかかります。そして万一、将軍を討ちもらしたら、あなたと枕を並べて討ち死にしましょう」

いっしょに死んでくれる、という頼宣の言葉をきいて義直の心は動いた。

「よく言ってくれた。しかし、私は張本人だからしかたがないが、罪のないあなたを道づれにして両家をつぶすのはしのびない。謀反のことは思いとどまった。ここは我慢する」

こうして、義直の反乱はギリギリのところで回避されたのである。言うまでもないことながら、一度は反乱を決意した、と公式に記録されるはずはない。尾張藩はそんなことがあったことを否定している。

だが、そういう話はもれるものだ。尾張が謀反か、という話は世に広く伝わり、家光も以来根に持ったのである。

そんなわけで、尾張は要注意の藩という意識が江戸時代にはずっとあったのである。

一気に宗春以降へ

尾張二代藩主光友は、なかなか硬骨の人物だったようである。五代将軍綱吉にも煙たがられたのだとか。

でも、何事にも筋を通したいという頑固なところがあっただけで、将軍に反旗を翻えそうなどと考える人ではなかった。少しうるさい爺さんであっただけだ。

三代藩主綱誠は誠実な人物だったようだがあまり逸話が残っていない。目立ちたがりではなく奥ゆかしかったのだろう。

その子の、四代藩主吉通（よしみち）からあとのことは本書の第六章でざっとまとめたから、手短かに語る。

四代藩主吉通は、六代将軍家宣から、余が亡きあとは、まだ幼い我が子家継の後見役をしてくれと頼まれるほどに名君であったが、25歳で謎の突然死をしてしまう。

そこで、吉通の子でまだ3歳の五郎太が五代藩主となるが、たった2か月で死去。

やむなく吉通の弟が六代藩主を継ぐが、それが継友（つぐとも）である。この継友は八代将軍の座を争うレースで、紀伊家の吉宗に敗れた殿様という汚名をかぶることになる。そして、15年の治世ののち、麻疹にかかってわずか5日間寝込んだだけで死去してしまう。

そういうわけで、七代藩主宗春の登場となったわけだが、その人のド派手政治のことは第六章に書いた。そして、8年の治世の後、謹慎の罰をくらって表舞台から姿を消した。

宗春の失脚後、尾張徳川家の跡目を相続したのは、一族である川田久保松平家に生まれ、四谷家に養子に入っていた宗勝である。

八代宗勝は将軍家に逆らわず、倹約政策を実行するなど、宗春とは逆の落ちついた治世をして吉宗を安心させた。

九代藩主は宗勝の子、宗睦である。宗睦は将軍家や御三家ともうまくつきあい、良好な関係を築いた名君で、尾張徳川家中興の英主とたたえられている。

だが、この宗睦は世継ぎに恵まれなかった。

宗睦には男の子が二人もいた。そのうちの長男治休は、幼いころから英明のほまれが高く、学問はでき、人柄が優しく、このお方が藩主となれば尾張藩にはなんの心配もない、と人々は待ちこがれていた。

ところが治休は、父より先に22歳でにわかに亡くなってしまうのだ。

やむなく、治休に代って、二男の治興（はるおき）が嫡子となったのだが、そうなった2年後に、江戸で亡くなってしまう。まだ21歳だった。

実子は二人とも急死だ。このままでは世継ぎなしということになってしまうので、宗睦は支藩の高須藩から養子をとって、治行という名を与える。

ところが、この治行までもが、１７９３（寛政５）年に34歳の働きざかりで亡くなってしまったのである。

世継ぎを３人も亡くした宗睦は、やむなく御三卿の一つ、一橋家から養子をとって斉朝（なりとも）と名乗らせた。そうしておいてから、翌年宗睦は64歳で没した。

御三卿は八代将軍吉宗の子３人から始まる家である。そこから養子をもらったということは、尾張藩主に藩祖義直の血が途絶えたということだ。尾張藩はなんとなく吉宗に乗っ取られたような感じになってしまったのだ。

かくして尾張藩は血のつながらぬ藩主を押しつけられ、それから50年あまり迷走することになった。尾張藩暗黒の50年と言っていいかもしれない。

一橋家から入った十代藩主斉朝は、ろくに政治をせずに、贅沢三昧をした人物である。30年近く在職したのち、1827（文政10）年に隠居し、壮麗な新御殿を造ってそこで悠々と暮らした。

さて、斉朝の次の十一代藩主だが、今度押しつけられたのは、十一代将軍家斉の十九男斉温（なりはる）だった。この時斉温はまだ9歳で、藩主となっているのに名古屋に来ることはなかった。その斉温は1839（天保10）年に21歳の若さで死去した。今度こそ名君を、と藩士たちは期待した。

なのに、次に押しつけられた藩主は、将軍家斉の十一男、つまり前藩主斉温の兄であり、田安家に入っていた斉荘（なりたか）だった。

おまけに、斉荘には付人がついていて、それも尾張家に移るというのだ。家来まで連れてくる、ということだから尾張藩士の怒りは頂点に達した。これでは家が乗っ取られたのも同然ではないかと。

しかし、よそから押しつけられた殿様でやっていくしかなかったのである。尾張藩士たちは、次こそは、当家にゆかりのある名君をと、待ち望んで苦しい時代を乗り越えた。

幕末の名君、官軍につく

尾張の藩士たちが、この人を藩主にしたい、と願った人物はいたのだろうか。

それがいた。血筋からいっても不足はないし、学識も器量も申し分なくて、必ずや名君となられるであろう、と期待をかけられた人物が支藩の高須家にいたのだ。

その人の名は松平秀之助（ひでのすけ）。1824（文政7）年生まれだから、十二代藩主に斉荘を押しつけられた時には16歳である。立派に藩主が務まる年だ。そういう人がいるのに、どうして将軍の子をあてがわれなければならないのかとみんな怒ったのである。

ただし、支藩の高須家の出ではあるというものの、そこももう藩祖義直の血は途絶えており、秀之助は水戸家の血筋であった。でも、水戸家ならば思想（勤王思想）も似ているし、藩主たるに問題はないと思われたのだ。

なのに幕府はあの時、斉荘を押しつけたのだ。藩士たちの不満ははかり知れなかった。

さて、それから6年後の1845（弘化2）年のことである。まだ36歳の斉荘は病弱で、急ぎ養子を取らなければならなくなった。

尾張の人々は、今度こそ、と期待した。秀之助はこの時、慶恕という名になっていたが、今度こそその慶恕を藩主に、と望んだのだ。

ところが、斉荘の養子に選ばれたのは御三卿の一つ、田安家の慶臧だったのだ。その時まだ10歳だった。

この年斉荘が死に、慶臧は尾張十三代藩主となる。

ところがである。慶臧はわずか4年後、14歳の若さで没してしまう。

尾張家中の慶恕擁立派がこの機を見逃すはずはなかった。今度こそ慶恕を、と大いに運動したのである。

幕府もさすがに今度は、藩士の望みを聞き入れるしかなかろう、ということになり、次の藩主は高須家の慶恕でよい、という裁定を下すのである。

尾張の藩士たちは快哉を叫び、やっと親戚筋から名君を迎えられたことを喜んだのだった。

尾張14代藩主慶恕の誕生である。幕末の尾張藩はこの人が治政したのだ。

慶恕は水戸の斉昭（烈公）の血を引いていた。烈公といえば、日本中の攘夷派の旗頭である。

　また、慶恕は尾張藩祖義直や、四代藩主吉通の書いたものを読んでおり、その思想に感銘を受けていた。つまり、勤王思想の持ち主である。だから、天皇が絶対にいやだと言っている開国には反対だった。

　このあたりのこと、今になって見てみるととても奇妙にねじくれている。本当は幕府だって開国はしたくないのである。だが幕府は、今外国と戦争したら勝ち目がないと知っているので、やむなく少しずつ開国していくのだ。それでいて天皇には、攘夷は必ずやりますと約束する。

　そういう幕府に対して、攘夷派の大名たちは激しく批判した。その大名の中に慶恕もいた。

　大老になった井伊直弼（なおすけ）が朝廷の勅許を得ないままアメリカと日米修好通商条約を結んでしまった時、攘夷派大名はこれに大反対した。

　水戸の斉昭と、その子慶篤（よしあつ）（藩主）と、尾張の慶恕は、定められた日ではないのに江戸城へ押しかけ登城をして、井伊直弼を詰問したのである。

　要するに、幕府の方針を決めた大老に、御三家のうちの二家が批判、反対の意向を伝えたのだ。

すると井伊直弼は反撃に出る。攘夷派を一掃する弾圧、つまり安政の大獄を行うのだ。慶恕は隠居・謹慎となり、藩主の座を下りる。

しかし、慶恕の不遇時代は長くは続かなかった。誰もがよく知っている通り、安政の大獄の2年後に、桜田門外の変によって井伊直弼が殺されるのだ。井伊が死ぬと、大獄で罪を得ていた人は次々に復権した。

尾張の慶恕も実権を取り戻し、ここは公武合体が最善策だと考え、和宮の降嫁のために働いたのである。それが実現して、彼の罪はゆるされ、この年、慶勝（よしかつ）と名が変わる。

あまり知られていないが、尾張の慶勝は幕末の大物の一人なのである。

事実上のトップに返り咲いた慶勝だが、そうなってもしばらくは尊皇でもなく佐幕でもなく、中立的な立場をとった。慶勝の思想がそもそも二つの考えからなっていたのだ。勤王思想の持ち主ではあったが、御三家として将軍の味方でありたいとも思うのだ。だから極端には動けなかった。

1864（元治元）年、長州藩追討が朝議で決まる。幕府は21の藩に出兵させ、第一次長州征伐をした。この時、征長軍総督に任命されたのが、前尾張藩主徳川慶勝なのである。

慶勝は就任にあたって全権の委任を申請して許可され、11月18日を総攻撃開始日と決める。自ら広島まで行き、攻撃態勢を整えた。

ところが、長州藩ではこの時、佐幕の保守派が勢力を握り、幕府に降伏してくる。それを受けて慶勝は、長州藩主父子がわび状を出すこと、3人の家老が切腹すること、山口城を破却することなどを命じ、一戦も交えずに長州藩をゆるしたのである。

一般にはこの、戦わずして勝つ方針を立てて実現させたのは、薩摩の西郷吉之助（隆盛）の手腕だとして、称賛するようである。もちろんそれも本当なのだが、征長軍総督の慶勝が中立的な考えの持ち主だったからこうなった、というのも事実なのである。この翌年、第二次長州征伐が行われた時には慶勝は反対論を唱えているのだ。

激動の時代だった。将軍家茂（いえもち）が死去して、ついに慶喜（よしのぶ）が十五代将軍になる。すると慶喜は、突然大政を奉還してしまう。政権を返上すれば徳川家までつぶされはしないだろうという考えからだ。

だがついに、王政復古の大号令が出てしまう。そして１８６８（慶応４）年、戊辰戦争がはじまってしまうのだ。

もう慶勝も中立的立場ではいられなくなる。官軍につくのか、幕府軍につくのか、はっきり決めなければならないのだ。

慶勝は判断に苦しんだはずである。御三家は将軍家を守るためにあるのだから。

しかし、慶勝は勤王思想の人だった。ついに彼は決心をする。

慶勝は御三家なのに官軍側についたのである。尾張は朝敵にならずにすんだのだ。

ここまでが、江戸時代の尾張藩の歴史である。大変に複雑な事情を抱えた藩だったと言ってもいいであろう。

第十章

これからの名古屋

天下人は出すが都にならない

この最後の章ではこれからの名古屋、未来の名古屋について考えてみたいのだが、未来のことを考えるためには、過去を振り返ってみることの必要性があるだろう。

名古屋とは歴史的に見てどんなところであったのだろう。

それを考えてみてすぐに気がつくことは、名古屋から戦国時代に天下人が次々に出た、ということだ。このことを単なる偶然だと思っている人もいようが、そうではない。天下を取るために名古屋は絶妙なところにあるのだ。

まずは、織田信長が那古野(なごや)城から出て、清洲城(清須城)を手に入れ、岐阜へと進み、安土城へと手を伸ばした。これは現在の東海道本線とほぼ同じルートで、京を目指しているわけである。信長は京を征服したかったのだ。だが、それが思わぬ反乱で頓挫してしまった。

すると次に天下を手中にしたのは豊臣秀吉であった。尾張の中村から出た最下層の身分でありながら、信長に重用されて重役陣の一人となり、明智光秀を討って天下人になったのだ。そして秀吉は大坂城を造りそこを都とした。

秀吉が死んだあと、天下を取ったのは徳川家康である。家康は尾張ではなく、三河の岡崎の出身であるが、名古屋圏と考えていいであろう。天下人が3人とも名古屋圏から出ているのである。これは偶然ではない。甲斐の武田信玄とか、越後の上杉謙信なども名将だったが、彼らが京へ出て天下を取るには、故国が京から遠すぎたのだ。地元で活躍しているうちに、名古屋の者に天下を取られてしまった。つまり、名古屋は天下取りのための絶妙な位置にあるということだ。

ところがである、天下を手中に収めた名古屋人は、その名古屋を都にしようとは思わないのだ。信長は京を目指し、秀吉は大坂を都にし、家康は江戸に幕府を開いた。3人が3人とも、名古屋からスタートして天下を取ったのに、そうなってしまうと名古屋には帰らないのだ。

現在の名古屋市は1610年に家康が作らせた街だが、なぜその辺りを日本の都としなかったのだろう。なぜ名古屋は都にならないのか。

私の空想では、名古屋は天下取りのために出かけるところであって、天下を取って戻ってくるところではないのである。なぜならば、名古屋には昔のことをよく知っている連中がいっぱいいて、なれあって近づいてきて、天下人を引きずりおろすような様子を見せるであろうからである。

名古屋人は天下を取った人物でさえ、昔のことをよう知っとるツレだがや、という地点に引きずりおろす。

信長だって、名古屋人に言わせれば、バカな格好でうろついとったうつけ殿だがや、ということになる。うつけ殿がどうしたはずみか天下を取ったようなことになってしまっとるけど、昔のことを知っとるで威張られてもピンとこんわ、というのが名古屋人の反応なのだ。

秀吉などは、中村のサルだがや、と言われてしまう。殿様の草履をあたためとった奴が関白様だと言われても、どうしたって昔の姿を思い出してまうがや、と言われる。だから秀吉は名古屋に帰りたくなかったのではないだろうか。

家康ならば、那古野城の人質だがや、と言われてしまう。そのあと今川の人質だわさ。人質殿が将軍様だと言われても、実感がわかんなあ、というのが名古屋人なのだ。

というわけで、名古屋は天下を取るのに絶妙の位置にあるのだが、天下を取ったあと帰りたいところではないのだ。戻ったら、ツレ・コネクションの中に引きずり落とされてしまうから。

それで名古屋は、とうとう日本の都になることがなかったような気が、私にはする。

成功したら帰りたくない街、それが名古屋なのだ。

そんな気分は、実は私の中にもちょっとある。私が同窓会に出ると、昔のツレが私のことを、あんた呼ばわりして、昔へ引き戻そうとするのである。

「あんたらしい小説だわ。あんたは昔からああいう変なことをよう考えとる人だったで」

などと言うのだ。あんたの正体はわしらは知っとるでしょう、というふうに接してくるのだ。

同窓会ならば、たった一日のことだから、私もそれに合わせている。

「あの変人の清水がおかしなことやってウケとるんだがね」

と笑ってもいられる。だが、名古屋に帰ってずーっと住むのはたまらんな、と思うのである。ベタベタなツレ・コネクションの中に引きずりこまれるのはちょっとうんざり、なのである。

というわけで、名古屋は日本の中心都市になることはできなかった。だが天下人のことを、この辺から出た奴だがや、と思っているのである。その引きずりおろし感覚は半端なものではない。

大都市なのに都会的でない

名古屋市の人口は229万6千人で、日本で4番目の大都市だ（私が子供の頃は人口で東京23区、大阪市に次いで日本3位だった。ところが4位だった横浜市が今は大阪市も抜いて2位であり、名古屋は4位ということになった）。

人口200万人以上なのだもの、文句のつけようがない大都市である。その都市への訪問意向指数で名古屋市よりポイントの高い、京都市（人口147万4千人）、札幌市（人口195万3千人）、神戸市（人口153万7千人）、福岡市（人口153万8千人）などより大きな都市なのである。

なのに、どうしたわけか名古屋には都会性が感じられないことを、くやしいが私も認めるのである。

都会的であるということは、あらゆる価値観を受け入れられて、それを認めるということである。そういう間口の広さが、都会の特徴なのだ。

なのに、名古屋はほかに対して扉が閉ざされており、自分たちだけで世界を作って他者を受け入れようとしない。名古屋人が他国者に対して腰が引けていることを第一章に書いたが、あのように仲間だけで生きているのでは都会人だとは言えないわけである。

そして第二章に書いたように、ツレ・コネクションの中で助けあい、利をまわしあって生きている。それはぬくぬくと甘えあって安心しているという生き方である。それは大変に居心地のよい緊張感のない生き方で、そこが都会的ではないのである。

都会性というのは、高いビルが建ち並ぶということの中にあるのではない。それは、名古屋にもどんどん建ち並んでいくであろう。

都会性はそこに住む人の意識の問題なのである。ツレが店を紹介してくれたで安く買えて得したわ、の世界にどっぷりとつかっている限り、名古屋は都会にはならない。

名古屋に対して、大いなる田舎、という悪口を投げかける人がいる。それは名古屋人の意識のあり方のことを言っているのである。そして、名古屋人は確かに大いなる田舎的な意識で生きているのだ。

私はもう、それでいいじゃないかと考えている。逆に、そのどこが悪いのだ、と言い返したくなるほどだ。

名古屋人は、洗練されていないのである。

この言葉を、なるべく使わないようにしたかったのだが、あえて使ってしまおう。第三章に書いたように、とにかく功利的で、得か損かを第一に考え、得しちゃうことを何より喜ぶという人たちが、洗練されているはずがないのである。

ただ、洗練はされていないが、名古屋には生きやすさがある。洗練されているということには、やせ我慢も必要なのである。実利には背を向けて、損なほうをさらりと取るといった、形の上の格好よさを選ぶことも洗練のうちである。

名古屋の人にそういう生き方はできない。できないと言うより、その反対の生き方が名古屋的なのだ。

そしてそれは、未来に向けても同じであろう。洗練よりも実利を取るのだ。そして、このほうが得だで嬉しいがね、と生きていくのである。

いいではないか。名古屋は大都市なのに、思想が都市化しないのだ。そのどこに不都合があろうか、というところである。

名古屋の人というのは、あの名古屋弁でもって、本当のこと、遠慮しといたほうがいいようなことを、さらりと言ってしまうところがある。

これは写真家の浅井愼平さん（名古屋出身）からきいた話なのだが、名古屋では立食パーティーの時、部屋の隅で男二人がさらりとこんなことを言っているのだそうだ。

「まあ、しらけてきたで帰ろみゃあか」

パーティーがしらけてきたというのは、思っても口には出さないものであろう。ところが、仲間にだけ本音を言うという性質のある名古屋弁だと、それがさらりと言えてしまうのだ。

そういう本音を平気で口に出せるというのが、洗練されてない強さなのである。これはなかなかの強さであって、そのように名古屋人はしたたかに生きているのである。そのことは変える必要がないし、変わるきっかけもない。これから先も名古屋は田舎っぽいままで突き進んでいくのであり、それでいいのである。

人口200万人以上の田舎とは、他に類を見ないすごいことだとも言えるのである。

芸術センスはないが新しいものは好き

名古屋の悪口を言う時に、しばしば出てくるのが文化性のなさである。わかりやすく言えば、名古屋には立派な博物館、美術館が少なく、大きな美術展などもあまり行われていない、ということだ。芸術とか美術に対して大都市の割には感度が鈍いと、よく言われる。

確かにそういうところがあるかもしれない。

京都や東京で開かれる有名画家の美術展が名古屋へはやってこない、ということもしばしばある。美術展のための行列が数百メートルも並ぶ、というような状況は名古屋ではあまりないようだ。

しかし、その理由はもう明らかであろう。功利主義的で、何にでも実利を求める名古屋人にしてみれば、芸術はちょっと遠いところにあるものである。芸術に触れて、どういう得があるんだ、と考えてしまったら、どうしたって態度が冷たくなるのだ。

美術よりも実業のほうを名古屋の人は重く見るのだから。

そこで思い出すのは、カルト芸人の永野が叫んでいる次のギャグだ。

「ゴッホより、普通に、ラッセンが好き」
「ピカソより、普通に、ラッセンが好き」

あのギャグは、本来は、そういうことを言いそうな芸術的センスのない人を笑っているのである。本当にそう思っている人が案外いるんだよね、という面白さなのだ。つまり、ゴッホや、ピカソのわからない人には、ラッセンの、海とイルカを描いたポスターみたいな絵がいいんだろうなあ、という嘲笑のギャグなのだ。

ところが、あれをギャグではなく、本当にそうだな、と受け止めてしまって、あれをラッセンをほめている言葉だと思っている人がいそうな気がする。あのギャグが出て、ラッセンの人気があらためて高まったりしているらしいのだ。ギャグの意図が逆に受け止められていると言ってもいい。

名鉄百貨店のシンボル、ナナちゃん人形

そして、私はそういうのを、名古屋的かもしれないと思うのだ。名古屋の人なら、本気でこういうことを言うかもしれない。

「そりゃ確かにそうだわ。ラッセンの絵な

ら部屋に飾っといても、きれいで、見ばえがするがや。ゴッホやピカソはよさが誰にもわからん」

それが、芸術にセンスのない名古屋人の実感ではないだろうかと思うのである。

認めてしまおうではないか。名古屋の人はどうも芸術の価値に感度が鈍いのである。しかしその分、実質的な価値はよくわかり、そのことばかり考えていると言っていいくらいであり、不都合はないのである。

そして、名古屋人は新しいものをどんどん受け入れていくところがある。

そのいい例が、新しい名古屋駅のビルであるセントラル・タワーズである。あのタワーズが建てられる時に、古い名古屋駅ビルを保存しよう、という声は出なかったのだ。あの、建った時には東洋一のビルと言われた、電光掲示板があったあの駅ビルを、惜しむ人はいなかった。新しくて立派なビルになるんだから、いいことじゃないかと受け入れたのである。

それに対して東京では、丸の内側にある赤レンガの古い東京駅ビルが、空襲を受けて2階建てになっていたものを、元の3階建てに修復したのだ。古いものを残そう、という気分があるのである。

名古屋駅直結の商業施設、セントラル・タワーズ

名古屋の人にはそういうロマンチシズムはない。なにせ、お役人の言いなりになって、平和公園と百メートル道路を作ったのが名古屋人なのだ。

昔のままの景観を残そう、なんてことはまるで考えないのだ。便利になって、立派になるんだから、どんどん新しくなることはいいことだ、というのが名古屋での考え方なのである。

そういう意味では、名古屋は未来志向である。名古屋の街もこれから大いに変わっていくだろうが、それは未来に似合うものになっていくということだ。

ノスタルジーよりも、進歩主義的なところが名古屋にはある。そのことは、名古屋の底力として、じわじわきいてくるのだろうと思う。つまり名古屋は未来へと突き進んでいく傾向があるのだ。便利になって、きれいになって、立派になっていくことは善だ、と考えるのである、この先名古屋の街並みがどう変わっていくのか、楽しみなことである。

名古屋人の合理精神は、過去を見るよりも未来を見すえるほうを選ぶのだ。

おわりに　偉大なる田舎であればいいのだ

というわけで、〝日本の異界〟名古屋はこの先どうなっていけばいいのか。

このままでいいのだ、が私の答えである。変えなきゃいけない不都合な点は一つもないのだから。

他の地方の人が訪問したくない街ナンバー1に選んでいるとは言っても、名古屋が、来てほしくないと思っているのだから、なんの痛痒もないのである。名古屋は名古屋人だけで、本音丸出しで、ツレと助けあって、得するようにぬくぬくと生活していて、この上なく居心地がいいのだ。生きやすいところだというのは最大の魅力ではないか。

その点、ほかの都市のほうが無理があってどこかいびつである。

訪問意向指数の高い順に見ていくが、京都だってどこか不自然である。

「本当は日本の都なんどすえ」

なんて言われても全くピンとこない。観光客で賑わっているだけの街ではないか。

札幌は、北の中心都市だと言うのかもしれないが、北すぎて伝わってくるものがない。

横浜は、実は東京23区よりファッショナブルで格好いいんだよ、と思っている様子だが、その実力は見えない。

東京23区は、全国から田舎者が集まってきて、どこに住んで、どう暮らせば豊かなのかと焦ってとち狂っているところである。

神戸は、大阪よりセンスがあってしっとりしてまっせ、と思っているらしいが、その気取りに無理がある。

福岡は、意外に国際的な都市なのに、とっつきやすい、が売りだが、少しつんのめっている。

大阪は、とにかく東京がなんぼのもんじゃと感じて気張っているが、あまりにもなれあいすぎている。

そんなふうに並べてみると、行く気のまったくしない街名古屋が、どこより住みやすい街だと気がつくのである。

大いなる田舎と言われても、それが居心地のよさなのだから、気にすることはない。

むしろ、偉大なる田舎と呼んでほしいほどだ。

二百万都市で、田舎だというのはむしろ価値である。まったく背のびをしていないのでとても楽なのである。そして製造品出荷額では日本一の産業都市でもある。硬軟のバランスが見事に取れているではないか。

考えてみると、私が名古屋で生活したのは大学を卒業する23歳までである。そして上京して、その後46年も東京に住んでいるのだ。

それなのに、東京で出版パーティーなどがあって出席して、新しい作家さんなどを編集者に紹介されると、必ずこう言われるのだ。

「今日はこのためにわざわざ名古屋からですか」

私は名古屋には住んでいないのに、清水は名古屋、と決めつけられているのだ。そして今回はこの本を書いてしまった。

私が名古屋に責任を取ることはないのだが、やはりあそこは面白い街だ、という意識があって、ついつい名古屋について書いてしまうのだ。

だが私は、名古屋がよくないと思って名古屋論を書くのではない。とてもユニークだが、バランスが取れていて、この上なく面白いところだと思うからあれこれ書くのである。

私は、名古屋のあのグズグズの慣れあいの感じがちょっと苦手で、あまり帰りたくない気分だと書いたりはするが、名古屋を嫌っているのではない。私が少し変人なので名古屋から出ているのだが、その名古屋人を好意的に見て、愛してもいるのである。

だから、名古屋には変わってほしくない、と願うのである。これまで通り名古屋だけで自立して、自分たちだけの快適さを求めて、閉鎖的に、独自性を守っておかしな都市であってほしい。超然と胸を張って、偉大なる田舎であってほしいのである。

偉大なる田舎は、偉大なる普通であることであり、偉大なるまともであるってことでもあるのだ。

つまり名古屋はまともなのだ。日本というのはそもそも名古屋的であるのだ。

そういう偉大さを、名古屋は捨ててはいけないと思う。名古屋が名古屋的である限り、名古屋は〝異界〟として繁栄していくのである。この先もずっと、名古屋には平気でまともである〝異界〟であってほしい。

ベスト新書
559

日本の異界　名古屋

二〇一七年七月十八日　初版第一刷発行

著者◎清水義範

発行者◎栗原武夫
発行所◎KKベストセラーズ
東京都豊島区南大塚二丁目二九番七号　〒170-8457
電話　03-5976-9121（代表）

装幀◎坂川事務所
イラスト◎伊野孝行
写真◎©KAMUI（P121）/©bryan…（P237）
校正◎聚珍社
印刷所・DTP◎近代美術株式会社
製本所◎ナショナル製本協同組合

ISBN978-4-584-12559-5 C0230

清水義範（しみず よしのり）
1947年、愛知県名古屋市生まれ。愛知教育大学国語科卒業。1981年に『昭和御前試合』で文壇デビュー後、1986年に発表した『蕎麦ときしめん』でパスティーシュ文学を確立し、1988年、『国語入試問題必勝法』で吉川英治文学新人賞を受賞。2009年、中日文化賞受賞。『やっとかめ探偵団』シリーズなど、名古屋を題材にした作品も多い。

ベスト新書　好評既刊

自律神経が整えば休まなくても絶好調

小林弘幸

ISBN978-4-584-12553-3
定価／本体八一五円＋税

休んでいるのに疲れがとれないのはなぜか？　そもそもなぜ疲れてしまうのか？　自律神経研究の第一人者が「休み下手」な日本人に直伝！　1週間で変わる、1日がずっとうまくいく、体の疲労回復&ストレスゼロになる休み方。

儲かりたいならパート社員を武器にしなさい

小山　昇

ISBN978-4-584-12551-9
定価／本体八〇〇円＋税

株式会社武蔵野が達成する15年連続増収の裏には「パート社員の力」があった。高時給・短時間労働、iPad支給、管理職登用……正社員との区別をなくし、パート社員の能力を最大限に発揮させる全ノウハウを公開。

不倫経済学

門倉貴史

ISBN978-4-584-12497-0
定価／本体八三〇円＋税

熟年不倫で日本の防衛予算並みのお金が動いている！　中高年の離婚や恋愛、風俗遊びまで幅広く焦点を当て、隠されたお金の動きを炙り出す。愛や離婚の痛みなど、感情をお金に換算する試みも。あなたの愛はおいくら？

エマニュエル・トッドで読み解く　世界史の深層

鹿島　茂

ISBN978-4-584-12543-4
定価／本体八三〇円＋税

英国のEU離脱、トランプ政権樹立など「予言」を次々と的中させ、いま世界中で注目を集めるフランスの人類学者エマニュエル・トッド。鹿島茂教授による明治大学の人気講義「トッド入門」を書籍化！　トッドの予言はなぜ的中するのかを紐解く。

2020年からの教師問題

石川一郎

ISBN978-4-584-12540-3
定価／本体八〇〇円＋税

2020年に廃止となる、大学入試センター試験！学校教育は、「知識の習得」を中心とした従来の学習から「知識の活用」を目指すスタイルへと大転換を迫られている。その鍵を握る教師への提言の一冊！